248-0002
鎌倉市二階堂○○○○○
雨宮(守景)鳩子

山茶花情書

椿ノ恋文

小川 糸 Ogawa Ito —— 著
王蘊潔 —— 譯

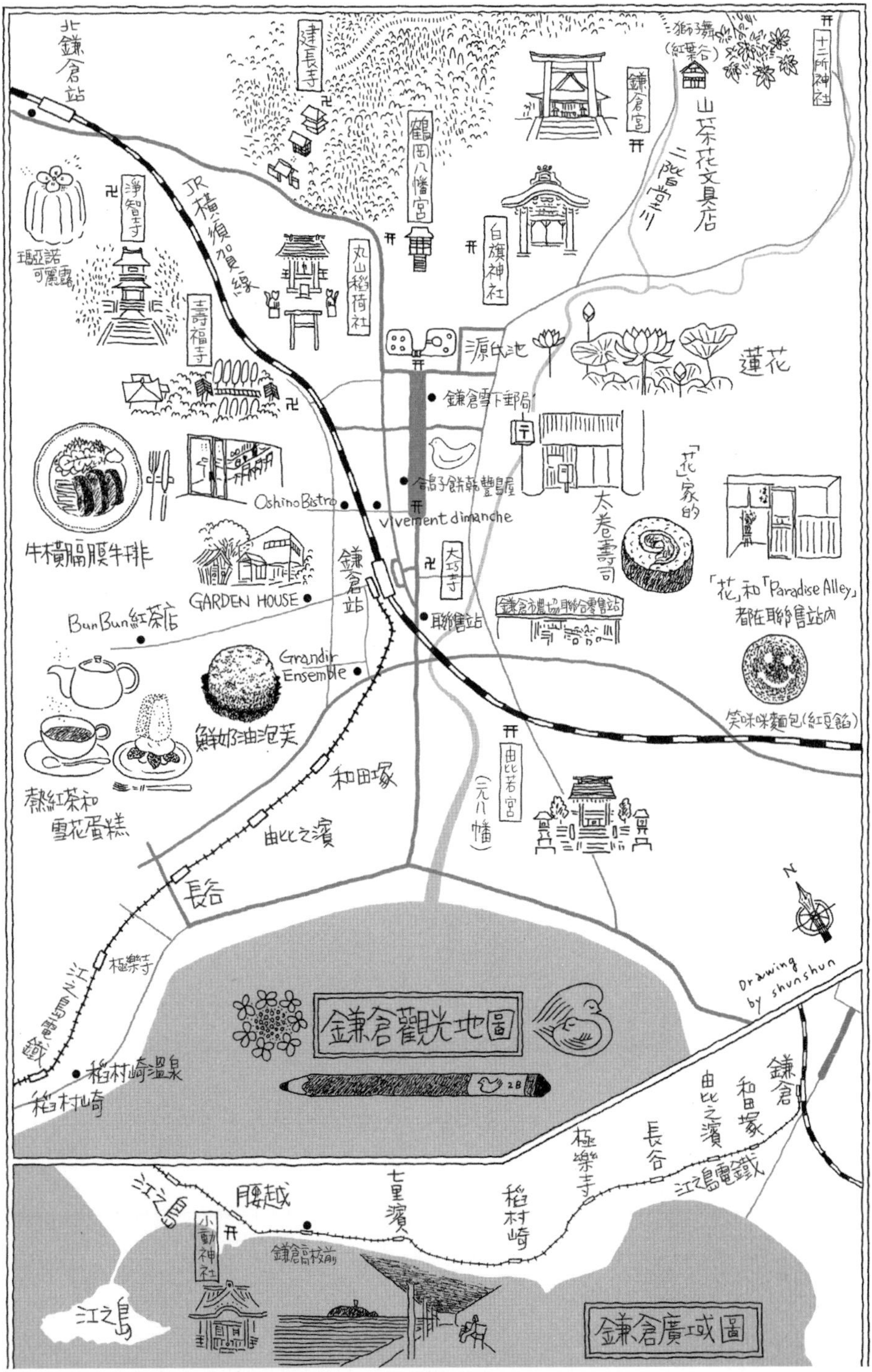

北鎌倉站
建長寺
鶴岡八幡宮
鎌倉宮
獅子舞(紅葉谷)
十二所神社
山茶花文具店
二階堂川
淨智寺
JR橫須賀線
瑪亞諾可麗露
丸山稻荷社
白旗神社
壽福寺
源氏池
蓮花
鎌倉雪下郵局
牛橫膈膜牛排
Oshino Bistro
鴿子餅乾豐島屋
vivement dimanche
「花」家的
太卷壽司
鎌倉站
大巧寺
GARDEN HOUSE
BunBun紅茶店
聯售站
鎌倉市農協聯合零售站
「花」和「Paradise Alley」
都在聯售站內
Grandir Ensemble
鮮奶油泡芙
笑咪咪麵包(紅豆餡)
由比若宮
(元八幡)
和田塚
由比之濱
熱紅茶和
雪花蛋糕
長谷
極樂寺
江之島電鐵
稻村崎溫泉
稻村崎
N
Drawing by shunshun
鎌倉觀光地圖
2B
鎌倉
和田塚
由比之濱
長谷
極樂寺
稻村崎
七里濱
腰越
江之島
江之島電鐵
小動神社
鎌倉高校前
江之島
鎌倉廣域圖

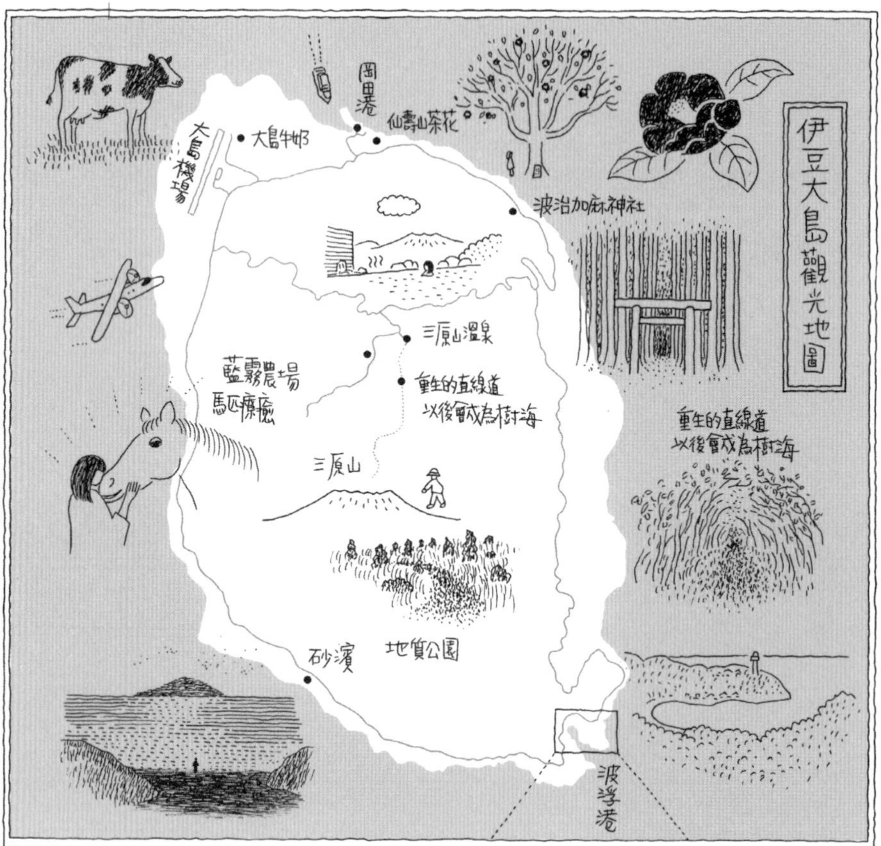
伊豆大島觀光地圖
岡田港
仙壽山茶花
大島牛奶
大島機場
波治加麻神社
三原山溫泉
藍霧農場
馬匹療癒
重生的直線道
以後會成為樹海
三原山
重生的直線道
以後會成為樹海
砂濱
地質公園
波浮港

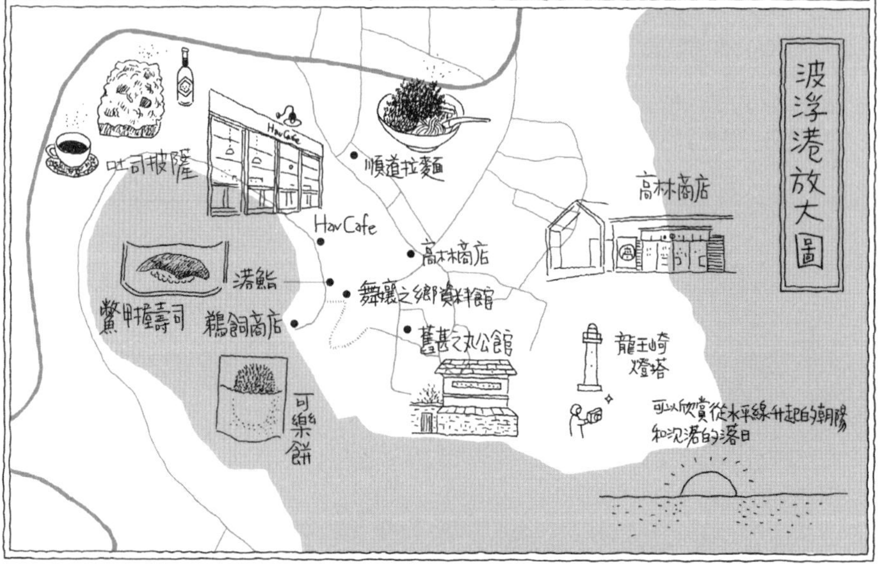
波浮港放大圖
吐司披隆
順道拉麵
高林商店
Hav Cafe
高林商店
港鮨
舞孃之鄉資料館
鱉甲握壽司
鵜飼商店
舊甚之丸公館
龍王崎
燈塔
可以欣賞從水平線升起的朝陽
和沉落的落日
可樂餅

繡球花

各位敬愛的貴賓：

今年又迎來了櫻花盛開的季節。

不知各位別來是否無恙？

段葛的整修工程終於圓滿完成，段葛兩旁的櫻花也已是滿樹櫻紅，絢麗多彩，美不勝收。

恕我沒有第一時間向各位報喜，我們家又增添了新的成員。

六年前，小女兒小梅誕生，隔年，又迎接了長子蓮太朗的誕生，我們終於成為一家五口的家庭。

長女陽菜（QP）在今年春天，成為國中三年級的學生。

連續兩次迎接懷孕、分娩、育兒這些人生大事，在感到興奮的同時，生活中也經常發生各種混亂的場面，每天都忙得不可開交。

這段期間暫時擱置了代筆工作，造成各位諸多不便，在此由衷表達內心的歉意。

雖然每天的生活都像在太空旅行，目前小梅和蓮太朗終於一起升上了小學。

在這段期間，各位總是用充滿關愛的眼神守護著我們，我心懷感激，感恩大家的支持。

目前我正在積極籌備，計畫從今年春天開始，重啟暫停已久的代筆工作。

待此通知信送達各位手上時，便可再次接受代寫各類書信的委託。

恭候各位蒞臨山茶花文具店，若有代寫書信的需求，歡迎隨時查詢。

接下來的季節，鎌倉的街道將洋溢滿滿的綠意。

期盼各位能夠來此共賞美景，享受光輝燦爛的片刻。

衷心期待再次與各位相見。

山茶花文具店店主

雨宮（守景）鳩子

我一次又一次反覆閱讀，檢查是否有寫錯字、用詞不當，或是讀起來很拗口的文句。小心謹慎，確認再三後，先用印表機印了一張。爲了搭配櫻花的意象，我選用了淡粉色的影印紙。

印完所有的通知信，等印表機散熱後，把那疊印好的信和文香[1]一起放在鴿子餅乾的黃色特大號四方形盒子內，以前QP都用這個鐵盒裝文具。信紙和文香一起放置幾天後，紙上就會有淡淡的香氣。

希望收信的人打開信封時，可以聞到這種內斂雅緻的香氣，這是我的一點心意。

至於信封，我決定選用洋形二號的鵝黃色信封，希望客人聯想到春天的陽光。收信人的地址和姓名都用鋼筆手寫，但寄信人的地址則是請人幫我刻了手寫的橡皮圖章，再使用和手寫收件人地址、姓名相同顏色的藍黑色印泥蓋章，只有我自己的名字親自手寫。我在每一個信封上都寫上自己的名字。

我爲姓氏到底用婚前的「雨宮」，還是和蜜朗相同的「守景」這個問題舉棋不定。苦思了很久，雖然知道這個問題並不重要，但如果只寫「鳩子」，似乎有點太親暱。左思右想之後，決定把「雨宮」寫在前面，後面再用括號加上「守景」的姓氏。

和蜜朗結婚時，我完全沒有多想，理所當然地把姓氏從雨宮改成了守景，原本還準備申請更改銀行帳戶和信用卡的名字，最後決定放棄。因爲辦理這些手續很耗時間，也要花不少錢，更有一種抹去自己過往人生的感覺，精神上也有很大的壓力。

至今為止，我身為雨宮鳩子的人生到底算什麼？我不禁產生了這樣的疑問，而且我也搞不懂為什麼只是結婚，夫妻就要同姓的理由。如果認為改成相同的姓氏，可以增進家人的感情，反而是小看了家人之間的羈絆。

不知不覺，我發現自己在自我介紹時，都以婚前的姓氏「雨宮」為主，只有和幾個孩子學校方面的人打交道時會用「守景」的姓氏，避免造成混亂。

雖然只有我這個當妻子的人，為了區區姓氏的問題苦惱、感到難以釋懷，即使激動地想要尋求行政方式解決這個問題，但也不是我有能力改變的事。

總而言之，雨宮（守景）鳩子目前整天忙於育兒和家事等眼前的雜事，全力以赴過好每一天的生活。雖然我舉雙手贊成夫妻選擇不同姓，但完全無暇提起訴訟，要求修改法律。

原本平淡的Ａ４影印紙，染上了文香的淡淡香氣後，提升了整體的感覺。普通的粉紅色影印紙精心打扮後，有點裝模作樣，露出準備出門的表情微笑著。

我的文香只用白檀、樟腦、丁香或桂皮等天然香料。把紙放在臉前，輕輕吸一口氣，感覺就像某種偉大的力量在溫柔地撫摸自己的頭。

1 文香起源於平安時代，在書信中夾入裝有香料的小紙袋，或是染上香氣的和紙。

我的日常生活不分白天黑夜，都忙於照顧三個孩子，所以這種片刻的放鬆很重要。這是我陷入育兒漩渦後學到的事。也許就像跑馬拉松時，補給站的角落放著自己最愛的點心的感覺一樣，即使只是短暫的瞬間，也可以忘卻痛苦。

這八年來，寄平信時貼的郵資漲了兩次。雖然是因為消費稅的提升而漲價，也是無可奈何的事，但是手上的八十圓郵票，必須另外貼上補足郵資的郵票才能使用，的確有點頭痛。

目前普通信函不超過二十五公克，郵資是八十四圓，二十六到五十公克是九十四圓。這次只有一張A４影印紙的重量，所以絕對不會超過二十五公克，傷腦筋的問題是，不知道能不能找到八十四圓的漂亮郵票。

市面上常見的八十四圓郵票是梅花的圖案，但如果貼梅花的郵票，非但沒有走在季節之前，反而還落後了一大截，缺乏節氣感。更何況感覺像在辦公事，太無趣了。

我打開放郵票的盒子，在紀念國情調查一百週年發行的郵票版票中，發現一張畫了一家六口的可愛郵票。守景家目前雖然只有五個人，但以後可能會再增加一個人，更何況美雪也算是我們的家庭成員之一，所以我決定不拘泥家庭人數的問題。

我決定這次以這張郵票為主。如果是貼紙郵票，貼起來會更方便就是了。

我利用三個孩子都去上學的短暫空檔，專心做好貼郵票這件事。我小心翼翼地貼每一張郵票。郵票要對準信封的角落，不偏不倚，貼在完美的位置。如果整封信是一張臉，郵票就是嘴巴；如果口紅擦到嘴唇外，未免太醜了。

我在貼郵票時，想起之前QP幫我一起把印了結婚通知的紙折成紙飛機。那時候，我大膽地用活版印刷的鉛字，組合成簡單的文章。現在的我根本不可能再做那種費時費工的事，甚至根本沒有挑戰的意願。

活版印刷呈現的效果的確很美，也很有溫度，但是印刷技術已經進步。既然印表機能迅速地印出漂亮的文字，當然再好不過。如今身為三個孩子的媽媽，整天忙得團團轉，經過合理思考，我得出這樣的結論。

「完成了。」

終於把郵票完美地貼在最後的信封上。能夠擁有屬於自己的時間令人雀躍，我忍不住得意地自言自語起來。

接下來只要把紙折成四折，裝進信封後封口就搞定了。這項作業是夜深人靜，等孩子都上床睡覺後的夜班工作。

隔天，我難得上了街。

對我而言，上街就是去鎌倉段葛一帶，最遠不會超過島森書店。我已經好幾年都沒去被稱為後車站的鎌倉車站西口那一帶了，難以想像以前三不五時和芭芭拉夫人一起去「花園」。對現在的我來說，「花園」和澀谷、原宿一樣，都屬於遙遠的地方。

我搭電車離開鎌倉的次數一隻手就可以數完，而且每次都是帶孩子參加活動，並不是去自己想去的地方。

我背對著八幡宮，快步走在段葛上，回想往事。

想起剛升上小學一年級的QP，走在我和蜜朗中間，我們三個人手牽著手走在段葛上。那已經是很多年前的事了。

那時候，QP還很矮小。現在回想起來，當時的QP在我眼中，簡直就像是一顆豆大福。

那時候的她整個人圓圓滾滾，可愛極了。只要靠近她，就可以聞到淡淡甜甜的味道，身上有些地方摸起來很硬，但是抱在懷裡，又覺得她整個人軟綿綿的。

那一天，我和蜜朗正式登記結婚，成爲夫妻。我成爲QP的媽媽，那天開始，我們踏出了身爲一家人的第一步。比起成爲蜜朗的妻子，成爲QP的母親，是我人生中更戲劇化的事。

雖然原本還悠哉地計畫，以後每年的結婚紀念日，都要重回結婚登記那天吃飯的斑馬餐廳慶祝，但只有隔年的一週年紀念日時付諸行動。生完女兒，隔年又生下兒子之後，直到今天爲止，不要說去斑馬餐廳，就連全家一起出門吃飯都無法如願。所以回想起來，當年能夠和QP、蜜朗一起，靜靜地爲我們這個家庭邁出新的一步慶祝，眞的是無比寶貴的回憶。

這幾年每天忙得分身乏術，甚至沒有餘裕回想這些往事。

我去雪下郵局，寄出通知客人山茶花文具店代筆部門重新開張營業的信。在這家郵局寄信時，可以在信封上蓋八幡宮和流鏑馬神事[1]圖案的風景印章。同樣在若宮大路上，但位在更前面的鎌倉郵局的風景印章是大海和大佛，只不過對我來說，八幡宮絕對是鎌倉的最佳代表。

一看手錶，發現還有一點時間。雖然我很想沿著八幡宮的階梯而上，前往位在階梯頂端的本宮好好參拜一番，問題是我肚子快餓死了。

我背對著八幡宮，經過二之鳥居，然後轉身面對八幡宮鞠了躬，過馬路，經過島森書店，繼續往大海的方向走去。瞥了一眼俗稱孕婦寺的庭院，我要去鎌倉市農協聯合會零售站，也就是聯售站。

我打算去那裡的PARADISE ALLEY買紅豆麵包，俗稱笑咪咪麵包，帶回家給小孩子當伴手禮只是冠冕堂皇的藉口，其實是因爲我太想吃太卷壽司了。

「花」家的太卷壽司。

我曾經聽好幾個不同的人提起，聯售站的PARADISE ALLEY正對面，開了一家名

1 流鏑馬為日本傳統馬術射箭儀式，現為祈福祭典活動。騎手騎在全速奔馳的馬背上，瞄準標靶射箭。

叫「花」的小和菓子店，店裡的和菓子當然好吃，太卷壽司更是一絕。經常聽到孩子同學的媽媽，也就是所謂的媽媽友，還有山茶花文具店的熟客對這家小店讚不絕口，但遲遲沒有機會造訪。

終於如願走進的這家店，雖然小但很溫馨，在店內招呼客人的女人（八成是老闆娘）也楚楚動人，讓人毫無理由地確信，她做出來的食物絕對好吃。

平時都是由蜜朗定期來聯售站買蔬菜等食材，如果不早點來，新鮮蔬菜就會賣完，所以他幾乎不會在「花」開始營業的十一點之後才去聯售站。因此蜜朗也從來沒有吃過這家店的商品。

我先買好自己吃的太卷壽司，然後爲蜜朗和幾個孩子買了丸子。

也許是因爲店很小，所以在拿零錢時，感覺自己好像是在幫大人跑腿的小孩子。雖然只是走進這家店買兩樣小東西，我卻格外興奮，嘴角情不自禁地上揚。

走出聯售站，看向斑馬線的前方，發現那裡新開了一家糕餅店。雖然之前就聽說了，但親眼看到還是忍不住有點感傷。以前那裡是一家鈕扣店，我記得店名叫「富士鈕扣」。

鎌倉的劇烈變化出乎意料，新的店像雨後春筍般一家接著一家開張，我每次都有一種自己變成浦島太郎[1]的感覺。

雖然開了很多新店是件令人高興的事，但熟悉的店消失更令人感傷。只要稍不留神，熟悉的風景就不斷從眼前消失。

我回到了段葛，然後走向八幡宮的方向。平時走在路上，都必須牽著年幼的孩子，所以兩手空空的感覺很新鮮，甚至有一種好像在遠足般的舒暢感覺。

話說回來，段葛眞的很高耶。

我深刻體會到段葛整修前和整修後的風景很不一樣。

以前的櫻花老樹遭到移植和砍伐，全都換上了新樹，聽說樹木的棵數也比之前減少了幾成。最大的改變，就是從原本的泥土路變成了水泥路。如果上代得知這件事，不知道會有多難過。我暗自爲此擔憂。

但這只是杞人憂天。一名看起來像是照護者的男人，推著坐在輪椅上的男人迎面緩緩走來；段葛成爲目前的無障礙環境後，以前想要來這裡走走也無法成行的人，終於可以走在這條路上，也可以完全不必在意來往的汽車和腳踏車，在這裡盡情賞花。

而且可以站在這裡，面對雄偉的八幡宮正門。整修工程完成後，更多人能感受到這片景象。

雖然當初是源賴朝爲了愛妻政子的順產建造了段葛，但是八百年後的今天，仍然爲

1　浦島太郎為日本民間故事的人物，因救了被欺負的海龜而獲邀參觀龍宮。在此比喻目不暇給的意思。

後世的人帶來恩惠，實在太偉大了。

在整修工程完成之前，我內心一直無法贊同，但是當工程順利完成，實際走在整修過的段葛上，不禁心服口服，覺得這樣也很好。如果賴朝大人活在今世，一定也會進行整修工程。

工程的事就先說到這，話說植物的生命力實在太驚人了。

當初所有的櫻花樹都換新時，我很擔心樹枝這麼細，眞的有辦法開出櫻花嗎？但是，原本看起來弱不禁風的櫻花樹，在短短幾年內持續茁壯成長，順利地綻放櫻花。

今年，種在兩旁的櫻花樹樹枝都恣意生長，慢慢有了櫻花隧道的樣子。

啊，好美啊。

我忍不住在段葛中途停下腳步，仰望粉紅色的天空。

櫻花輕柔地綻放，彷彿爲空氣染上了色彩。風一吹，花瓣舞向空中，在陽光下閃耀金色的光芒。

因爲還有一丁點時間，我找到一張長椅，坐下來吃太卷壽司。

太幸福了。

櫻花的花瓣如雨，溫柔地飄落，我吃著用心製作的太卷壽司，整個人沉浸在幸福之中，覺得此生無憾，即使死了也沒關係。

事先用心切好、煮好的小黃瓜、紅薑片、葫蘆乾、乾香菇，順著煎蛋皮，捲成了

「の」字形整齊地排列。壽司飯偏硬的飯粒絕讚，海苔的香氣更是沒話說。

成家之後，三餐幾乎都是自己下廚，或是由蜜朗煮，雖然都很好吃，但有時候也想吃一些其他的食物。

說這種話或許有點不知足，但有時候特別想吃家人以外的其他人做的美味佳餚。

手掌上的太卷壽司，每一顆飯粒都凝結了滿滿的愛，或者說深厚的慈愛，靜靜地撩動了我的內心深處，產生一種肩膀以下都泡在溫度恰到好處的洗澡水中的幸福感，淚水情不自禁地流了下來。

我完全沒想到，自己竟然會因爲吃太卷壽司流淚。

我拿出手帕擦拭著眼淚。這是QP的舊手帕，上面有蜜朗用刺繡線爲她繡的名字縮寫。

兩個小一新生馬上就要放學回家，我無法繼續在這裡打混了。雖然剛才覺得死了也沒關係，但更現實的問題是，我現在不能死在這裡。

我努力克制著還想繼續沉浸在感動餘韻之中的心情，就像武士一樣，下定決心站了起來。

想必下次經過段葛時，櫻花已經落盡，變成了葉櫻。

我欣賞了櫻花，在八幡宮下方超簡略地參拜後，用競走的速度趕回家中。

「打擾了，波波，妳在家嗎？」

幾天之後，聽到了有人叫我「波波」這個久違的名字，抬頭一看，發現小學同學出現在山茶花文具店門口。

「小舞。」

我興奮地叫了起來。

「好久不見，妳最近好嗎？我帶了這個來看妳，想和妳一起吃。」

小舞交給我一個茶色的袋子。

「這是什麼？」

「我有事去了北鎌倉一趟，車站前開了一家很可愛的可麗露店。我之前就很好奇，所以忍不住走進去買回來嘗鮮。

因爲剛好收到妳寄給我的信，就想和妳一起吃。一旦有了這個念頭，便無法再克制，乾脆就搭公車過來了。我原本還打算如果妳沒有開店，就把可麗露放在妳家門口，幸好開著。」

小舞露出她特有的、好像小學生一樣的笑容。

「謝謝妳。」

朋友突然造訪這件事，總是讓我全身的細胞都興奮起來。

「我去泡茶。」

我起身走去後方燒開水。

可麗露適合搭配什麼茶呢？我正思考著，突然看到瑪黑兄弟的黑色茶罐。芭芭拉夫人從巴黎寄來的馬可波羅茶正在那個茶罐中沉睡。

「這裡還是老樣子，每次來都感到很安心。」

小舞溫柔的聲音好像在呢喃般說著。

抬頭一看，發現小舞背對著我，站在入口的拉門前，看著門外的景色。

她的視線前方有一隻松鼠，松鼠晃著又粗又蓬的尾巴，正在專心地吃山茶花的花苞。這並不是什麼罕見的景象，這棵成爲山茶花文具店店樹的山茶花，即使在已是春天的現在，仍然有紅色花朵頑強地綻放。

我在不鏽鋼茶壺內加滿了紅茶，用托盤端到店內。等待馬可波羅茶在熱水中充分放鬆時，從茶色紙袋中拿出可麗露。

這家的可麗露比我想像中小，雖然很小，但是可麗露上有花瓣點綴，簡直就像小盆栽。花瓣的顏色很鮮豔，宛如寶石，讓人有點捨不得吃。

「那家店在做這款可麗露使用了可以吃的食用花，而且還不是用小麥麵粉，而是用米粉做的。」

既然是米粉做的，小梅也可以放心吃了。我立刻想到這件事。小女兒小梅對小麥過敏，所以要格外小心小麥麵粉做的點心。雖然她現在已經不像以前那樣會有嚴重的過敏反應，但還是要很注意飲食。

我把可麗露排放在芭芭拉夫人送我的白色橢圓形盤子上，盤子看起來就像百花齊放的小學花圃。

「好可愛。」

「對啊，光是欣賞，就有一種少女的感覺。」

我們對可麗露讚譽有加。

紅茶差不多泡好了，我把馬可波羅茶倒在杯子裡。清澈濃郁的深紅色完全是芭芭拉夫人熱情的寫照。

「好香啊。」

小舞瞇起了眼睛。

「這是芭芭拉夫人寄給我的。」

我深深嗅聞著馬可波羅茶的香氣說。總覺得只要吸入滿滿的紅茶香氣，就可以見到芭芭拉夫人。

「我以前曾經和妳一起在這裡見過她一次，我記得她很迷人，也很有魅力。她在法國南部的生活還好嗎？」

「嗯，她偶爾會寄明信片或是小包裹給我。」

「是喔，原來是這樣。謝謝妳請我喝這麼珍貴的紅茶。

「她這個人感覺很有活力，生命力旺盛，或者說意志很堅強，不愧是妳的好朋友。」

芭芭拉夫人主張，一旦有家可歸，就是為自己留下退路，這樣並非智舉，於是賣掉房子才啓程去和住在法國南部的正牌男友一起生活。她說這是人生最後一次的戀愛。

芭芭拉夫人搬走之後，一名獨居的中年女人搬了進去，和幾隻貓一起生活。守景家本來就有一大堆問題和需要解決的難題，該如何和這位很不好相處的中年鄰居打交道，更是一大難關。

「波波，妳先選妳想吃哪一個可麗露。」

想到現實問題，心情忍不住感到沮喪，小舞在絕佳的時間點拉了我一把。

雖然可麗露很小，一口就可以吃掉，但我還是掰成兩半，慢慢放進嘴裡。可麗露的外皮香脆，有點像陶瓷的質感，但裡面很鬆軟，有點像含水充足的苔蘚。

我們親密無間地一起吃著可麗露，不時互看一眼，用力點頭。即使不必用言語確認，我們也知道彼此擁有相同的感動，幾乎被幸福的漩渦淹沒。

「然後啊……」

小舞分享完近況後進入正題，她要委託我代筆寫信。我第一眼看到她時，就有預感她八成是為了這個目的上門。

可麗露緩緩沉入胃部深處。也許小舞目前正面臨不同尋常的煩惱。

小舞露出堅定的眼神，似乎打算宣布什麼重大事項。

「我之前吃了南瓜布丁。」

「嗯。」

我默默傾聽小舞說話。

「那是我婆婆做的，公公送來我們家。」

「嗯。」

「結果吃到一根頭髮，之前也曾經發生過相同的事，那次是在炸肉餅中吃到頭髮。」

小舞用力嘆了一口氣，我也跟著嘆一口氣。短暫的沉默後，小舞繼續說下去：

「優子媽媽的廚藝很棒，做菜很好吃，手藝堪稱職業等級。除了日本料理，還會做中式和義大利料理，偶爾還會做摩洛哥或是西班牙料理，有時候一下子做太多，就會拿去分送給左鄰右舍。

「如果只有一次吃到頭髮，我會覺得是偶發事件，當作沒發生。但是連續兩次發生這種事，而且中間還隔了一段時間，我不知道該怎麼辦才好……我在想，是不是該告訴優子媽媽？這樣才是爲她著想吧？」

不愧是正義感很強的小舞，我也認爲這樣的意見很正確。

「既然這樣，要不要透過妳先生提醒她？」

我覺得這種方式最周到，也最巧妙。不管怎麼說，小舞的丈夫是婆婆的親生兒子。

「嗯，我也想到這個方法，但是我老公至今仍然是媽寶，不管媽媽說什麼，他都不敢回嘴，所以絕對不能期待他。」

「這樣啊，那能不能請妳的兒子告訴奶奶呢？」

「我兒子目前就讀住宿學校，當時也不在家。」

小舞無力地垂下肩膀，原本的溜肩似乎變得更斜了。

「波波，妳可不可以代我寫一封信，想辦法把這件事告訴優子媽媽？」

雖然我隱約感覺她會提出這樣的要求，但是回歸代筆工作的第一次委託就是這樣的內容，難度未免有點高。

「嗯。」

我抱起雙臂，有點不知如何是好。

「我擔心這種情況持續下去，大家慢慢不再愛吃優子媽媽的料理，她自己卻完全不知道出了什麼問題，這也未免太可憐了。所以我覺得既然知道這件事，就不能不說，我們畢竟是家人。」

「妳完全是出於好心。」

上代生前曾經再三叮嚀，無意識的壞事最棘手。

「妳婆婆頭髮很長嗎？」

雖然我也不知道這件事有沒有關係，但還是想了解她婆婆頭髮的長度，掌握進一步的資訊。

「她是短髮，也許就是因爲短髮，所以才沒有注意到。如果是長髮，不是可以盤起來嗎？」

「原來是這樣。我們小時候買便當回家時，即使看到裡面有頭髮，好像也不會大驚小怪。」

「現在這個時代，只要在食物中發現異物，就會小題大做。」

「是啊，只要發現有一丁點異物，就會在網路上公審。」

「所以我才爲優子媽媽擔心。」

從小舞臉上的表情就能夠充分了解，她想告訴婆婆之前做的食物中有異物這個事實，不是想表達抗議，而是基於對婆婆的愛。

「因爲她自己完全沒有察覺到這件事。」

小舞說話時，臉上的表情似乎比剛才開朗了一些，也許是因爲說出來之後，內心的壓力減少了。我對她說：

「如果我臉上沾到鼻屎走在路上，就會很希望有人可以告訴我。如果是家人，當然會直截了當地說，妳臉上有鼻屎，但假設是朋友，感覺就很微妙。如果是關係很好的朋友，應該可以提醒，但若是才剛認識不久，可能就不太好意思說出口。」

自從生了兒子之後，我現在可以臉不紅、氣不喘地說這種事。我深有感觸地想著，一口氣說了出來。

鼻屎、大便這些單字很自然地出現在日常對話中，漸漸變得理所當然。

「沒錯，完全正確。如果是自己的媽媽，會毫不猶豫地當場說裡面有頭髮，但換成是婆婆，就變得有點微妙。」

我懂，我懂。我用力點頭，強烈同意她的意見。

如果我在蜜朗媽媽從高知寄來的料理中發現了頭髮，也沒有自信能馬上告訴她。

「所以，波波，妳願意爲我代筆這封信嗎？」

小舞用好像把圖釘釘在牆上般銳利的眼神看著我，我雖然舉棋不定，但脫口「嗯」了一聲：

「雖然我不知道能不能寫好這封信……」

我在說話的同時，隱約想起上次爲她代筆寫的信：

「但是，我會盡最大的努力。」

事到如今，已經無法再逃避了。我下定決心。雖然久違的代筆工作難度堪比花式滑冰的三圈半跳躍，但事到如今，只能勇敢接受挑戰。

「太好了，幸好我買了好吃的可麗露過來看妳。」

小舞吐了吐舌頭，露出撒嬌的表情。我覺得她原本就是打這個主意。

「因爲我們是相互扶持的關係。」

我也完全接受。

假設我臉上沾到鼻屎，小舞一定會毫不猶豫地告訴我。和我有這種交情的朋友並不多，她正是其中之一，我當然無法冷淡地拒絕這位無可取代的好朋友委託的事。

「那就改天再見囉。」

小舞太有禮貌了，臨走時，一次又一次停下腳步，向我揮手道別，才終於走出門外，好像我們這輩子再也不會見面，所以我也只好注視她的背影，直到她在第一個轉角處轉彎不見爲止。

小舞才剛離開，兩個小一的新生就像脫兔般跑回家裡。

之前忙於照顧三個孩子，代筆魂暫時進入了休眠狀態，接到小舞的委託之後，沉睡數年的代筆魂猛然甦醒了。小舞爲我的生活增添了新氣象。

雖然這次要代筆的內容難度相當高，但是，我不是蜜朗的妻子、也不是三個孩子的母親，而是以一個普通人的身分，再度參與了社會，這件事讓我感到極大的喜悅。重啓代筆工作太令人高興了，我忍不住趁四下無人時，偷偷做了勝利的手勢。

我身爲家庭主婦，必須照顧包括自己在內一家五口的生活，所以必須發揮巧思，才能擁有獨處的時間，而且還需要家人的協助。如果仍然沒有充足的獨處時間，就只能縮短睡眠時間。

如果只有ＱＰ一個孩子，我還能同時兼顧山茶花文具店和育兒。

但是，懷小梅時，是我人生第一次懷孕，孕吐嚴重得讓我很後悔懷孕，而且醫生說有流產的風險，所以我只能盡可能躺著不動。無論怎麼想，都知道根本不可能繼續接代筆的工作。

當時甚至無法照顧文具店的生意，只能請工讀生來幫忙顧店，總算暫時度過了難關。紐羅為我介紹了來店裡打工的工讀生；紐羅就是上代的筆友、目前住在義大利的靜子女士的兒子，目前來日本留學，在東京的大學讀藝術。

經過彷彿永遠般漫長而慘烈的孕期，最後我總算氣若游絲地生下了小梅。當時還盤算著只要有工讀生的協助，專心照顧孩子一年左右，就可以恢復之前的生活模式。

沒想到不久之後，就發現我懷了第二胎。胸前抱著剛出生不久還在喝奶的嬰兒，肚子裡又有了新的生命。身為當事人的我和蜜朗都發自內心感到驚訝，雖然很清楚是什麼時候闖的禍。

因為在結婚後，我遲遲無法懷孕，所以一直以為自己是不容易受孕的體質。沒想到連續懷孕，而且兩個孩子明明不是雙胞胎，竟然將在同一學年入學。在育兒的顛峰時期，我曾經左右手各抱一個嬰兒，左右開弓，同時餵奶，簡直可以說是生意興隆。

大家一定都以為我們夫妻超級恩愛，也有人拐彎抹角地開這方面的黃腔，但其實無論是蜜朗還是我，都算清心寡慾的人。我們都是事後才知道，即使剛生完孩子，也還是會懷孕。

最不可思議的是，明明是相同的父母，但小梅和蓮太朗的長相和性格完全沒有任何相似之處，而且出生方式也截然相反。

雖然懷蓮太朗時，沒有像之前懷小梅那樣有嚴重的孕吐，但是懷孕期間，情緒的起伏很劇烈，無論是我自己還是周圍的人都有點吃不消。

現在回想起來，當時的我就像是一頭猛獸。有時候會突然悲從中來，嚎啕大哭起來，但不一會兒又笑得停不下來，有時候又突然吵著要喝啤酒，身心完全被肚子裡的孩子操控。

蓮太朗出生時和小梅完全相反，可說是順產中的順產。我只用力了幾次，就噗嚕一聲，順利生出來了。這句話我從來沒有對蜜朗說過，但眞的就像放屁一樣簡單。

如果育兒過程也可以像他出生時一樣輕鬆簡單，完全不需費力就太好了，但事情當然不可能像我想得那麼美。

蓮太朗經常在夜晚哭鬧，也常尿床，而且是史上罕見的戀奶星人，整天都想巴在我的胸前。至今爲止，好幾次狠下心、千方百計爲他斷奶，但所有的招數都以徒勞收場。

即使現在升上了小學，他仍然沒有完全斷奶，偶爾還是會來摸摸或是討奶喝，遲遲無法放下對吃奶的執著。原本還期待讀小學後，他會很自然地將興趣轉移到其他方面，但目前仍然沒有看到任何徵兆。

小梅雖然在出生之前讓我很辛苦，但成長過程很順利，幾乎沒有生過什麼大病。雖然有一段時間因爲對食物嚴重過敏，讓我和小梅都快崩潰，但現在似乎已經過了最嚴重的階段。她的性格有點太冷酷，但我對此抱著樂觀的態度，覺得小孩子就是這樣。

目前守景家的頭號問題孩子是QP，因爲她正在失控的叛逆期。

先不說這些，爲了擁有獨處的時間，我開始了比之前更早起的生活。因爲如果和家人同時起床，就無法擁有面對自我的時間。古人說，早起三分利，對我來說，得利豈止三分而已，早起爲我帶來無限的恩惠。有沒有早起完全不一樣，連生活品質，甚至是人生品質都發生了改變。

蜜朗和QP一起搬來這個家之前，我記得每天都是六點左右起床，一個人悠閒地喝著茶，開始一天的生活。那時候常喝京番茶，每天也在上午就做完家裡的打掃工作，然後順便洗衣服、倒垃圾，爲文塚換水。這是每天山茶花文具店開店之前必做的功課。

那時候，只要照顧好自己就沒問題了。但是後來蜜朗和QP搬進這個家，和我在同一個屋簷下，之後小梅和蓮太朗又接連加入，猛然回過神，發現我們已經變成了大家庭。

冰箱的容量不足，又買了新的冰箱，洗衣機每天要洗兩次衣服，多的時候甚至要洗三次，才能洗完所有的衣服。人數越多，家裡更容易髒亂，打掃也無法只用掃把和抹布稍微清理一下就搞定。

小梅出生時，蜜朗的老家問我們彌月禮想要什麼禮物，我立刻說要無線吸塵器。比起嬰兒床和雛人形的人偶，我們家更需要吸力很強的吸塵器。

用掃把和抹布打掃不會發出噪音，但使用吸塵器，就會發出聲音，所以我現在都在全家人起床、送他們出門之後，觀察對聲音有過敏反應的鄰居動向，利用山茶花文具店開店前的空檔，俐落地用吸塵器吸完地。

扣除做家事的時間，我想要有將近一個小時的獨處時間，就必須在清晨五點之前起床。雖然有幾位孩子同學的媽媽說，她們都是在晚上全家人上床睡覺後，安排屬於自己的時間，但蜜朗是夜貓子，所以我很難完全不受干擾。

我相信蜜朗也希望有獨處的時間，所以我決定在清晨為自己安排獨處時間，現在每天比清晨來報時的鳥兒更早起床。

小舞來找我的隔天，相隔數年，我又為自己泡了京番茶。

處理泡完京番茶的茶葉很麻煩，所以我有很長一段時間沒泡了。我記得家裡還有剩下的京番茶，於是去冷凍庫深處翻找，找到之前喝的京番茶袋子。雖然賞味期限早就過了，但現在根本管不了那麼多。

久違的京番茶果然很好喝，身體記得這個味道，所以立刻融入了，完全沒有違和感。

京番茶獨特的香氣很不可思議。每次聞到這股香氣，就會無條件地想起上代，簡直就像阿拉丁的魔法神燈。仔細想了想，覺得個性獨特的上代和別具特色的京番茶，有一種不謀而合的感覺。

我在白色馬克杯中倒了滿滿的京番茶，把茶的熱氣送進肺部深處。

每天忙於育兒之後，失去了很多樂趣，但也有因此建立的新習慣。那就是閱讀。我在整天忙於家事和育兒後，才開始積極閱讀。

我因為孩子這塊「醃菜石」，被綁在這個家裡，在無法輕鬆出門旅行的狀況下，書是帶我走出去，踏入外面世界最簡單的方法。

尤其是故事，可以讓我坐在魔毯上，引領我奔向逃離現實、沒有止境的旅程。

所以此刻我也差一點隨手拿起書，但慌忙克制了這種想法。

因為今天的主題是頭髮。小舞委託我寫一封信告訴她婆婆做的料理有頭髮。必須明確傳達這個事實，同時又不會惹對方不高興。

如果是上代，會用什麼形式向對方傳達呢？

上代離開人世越久，她的身影，或者說她的面容，就越清晰。

我原本以為這些都會隨著時間漸漸褪色，然後消失在空氣中，沒想到完全相反。上代的角色在我心中越來越強烈，我可以明確感受到她的輪廓。她隨時都陪伴在我身邊，專心傾聽我的心聲，讓我感到格外安心。隨時都守護著我，有時候甚至覺得可以看到她的身影。

但是，上代在代筆工作方面表現得很冷淡，既不輕易提供建議，也不給我任何提示。無論在她生前還是死後，在這個問題上的嚴格態度始終如一，完全無法通融。

「鳩子，妳要用自己的心思考。」

這就是上代每次給我的回答。

「我也每次都苦思冥想，絞盡腦汁，才終於有辦法寫出來。」

這也是她經常說的話。

她說的應該是事實。雖然我開始從事代筆工作之後，才意識到上代的辛苦和努力。她絕對不是天才，只是因爲很逞強，或者說是愛面子，才讓人以爲她很厲害。

事實上，她是靠努力、努力、再努力，飽嘗因爲難產而滿地打滾般的痛苦，直到臨死前都持續精進，毫不鬆懈。

直到最近，我才終於翻開據說上代直到臨終，一直放在醫院病床床頭櫃抽屜內，人生最後的筆記本，發現上面用各式各樣的字體，寫下了「以呂波習字歌[1]」。

いろはにほへとちりぬるを
わかよたれそつねならむ
うゐのおくやま けふこえて
あさきゆめみし ゑひもせす

這四十七個文字中包含了所有的假名文字。小時候上代跟我說可以藉此練字，所以我在宣紙上練了無數次「以呂波習字歌」，然後由上代為我批改。

事隔多年的現在，我仍然可以清楚地回想起當年。

「い」是兩個好朋友面對面，開心地在聊天，「ろ」是湖面上的天鵝，「は」是空中雜技。

把每個假名文字和自己的想像或故事結合，在書寫毛筆的同時，讓身體記住。

雖然我每次練字時都膽顫心驚，擔心會挨上代的罵，但她偶爾露出滿意的表情稱讚我「這個字寫得很好」，然後用紅筆把字圈起來時，我真的、真的很高興。

即使現在，我也可以從腳底把當時的喜悅像標本一樣完整地拿出來。

所以，稱讚很重要。

我喝著已經漸漸變涼的京番茶，反省了最近的自己。

最近無論對三個小孩還是蜜朗，我都常常挑剔他們。以前討厭上代總是那麼嚴厲、怒目圓睜，沒想到自己也在不知不覺中變得這麼可怕。

1　日本平安時代的和歌。在後世被當成日文書法習字的範本，用來學習假名。

不行，不可以這樣。

生氣無法解決任何事。

這個世界上，沒有任何人會因爲挨罵感到高興。

頭髮的問題也一樣。如果情緒化的指責對方，無法解決問題，所以首先要稱讚對方，然後用最低限度的文字，冷靜地糾正對方的疏失。

「很簡單吧。」

我又聽到了上代的聲音。

「有妳說的那麼簡單就好了。」

我這麼回答她。

上代生前，我們幾乎不曾像這樣閒聊。我和她說話時，基本上都用敬語，這也是理所當然的事。雖然我們是祖孫，但建立在師徒關係的基礎上，說話當然不能太隨便。

但是，我現在可以用輕鬆的語氣和上代說話，上代和我說話的態度也很放鬆。

上代親自向我示範，即使其中一方的肉體消失了，彼此的關係仍然能持續下去，而且比活著的時候更加親密。即使父母去世之後，兒女仍然可以孝順他們。

中午過後，我立刻打電話給小舞，詢問她婆婆的拿手料理。

掛上電話前，小舞幽幽地說：

「優子媽媽自尊心很強，我說她自尊心強是正面的意思。她在我眼中完美無缺，簡直就是家庭主婦的楷模，家事也都做得可圈可點。

「所以我很擔心她看了信之後，會失去自信，這是我唯一擔心的事。如果她看了信情緒低落，說再也不下廚了，那就眞的本末倒置了。總之，我不希望她傷心難過。

「之前好幾次都想親自告訴她，或是寫信給她，但我不是能力有限嗎？所以當我收到妳的通知說要重啓代筆工作時，就覺得一切都是天意，上天叫我把寫信的事交給妳。」

小舞強烈訴求，我寫的信絕對不能傷害她的婆婆。雖然小舞用婉轉的言詞包裝，但我知道這是她眞正的意思。

「我知道。」

我眞心誠意地說。我用雙手接過了小舞對她婆婆的溫柔。

小舞選擇不自己寫信或許不是逃避，而是她對婆婆的愛，或者說是她的解決之道。

「那我去找有沒有漂亮的擦手布巾。」

小舞語帶興奮地說。

如果彼此住得很遠，就只能用郵寄的方式，但小舞的婆家在鎌倉山，他們會定期見面，所以寄信有點不自然。

我向小舞提議，不妨送她婆婆一個禮物，然後在送禮時，順便把信交給對方，有助於緩和這件事可能造成的衝擊。小舞說，她打算送擦手布巾。

於是我們決定在信中向小舞的婆婆提議，下廚的時候可以把擦手布巾綁在頭上。

幾天之後，終於迎來了代筆的時刻。

以前小舞曾經委託我寫一封絕交信給她的茶道老師。因爲那次是寫信給長輩，所以我特地磨了墨，用毛筆寫了正式的信，但是這次寫信是爲了延續和對方之間的緣分，更希望可以增進彼此的關係。

最近我很喜歡用柔繪筆，雖然大家都用來簽芳名錄，但是柔繪筆結合了簽字筆和自來水毛筆的優點，可以輕鬆寫出有質感的文字，簡直就像是用毛筆寫的。

雖然上代看到這種筆，八成會嗤之以鼻，但我覺得很好用，我在簽自己的名字或是塡寫家人的名字時，經常使用這種筆，而且總覺得用柔繪筆寫字，字也變漂亮了。

至於信紙，因爲我希望可以充分表達小舞的眞誠，所以想用沒有過多裝飾的簡單信紙，但如果用只有橫線的信紙太無趣了。我把幾款適合的信紙實際排放在桌上，充分思量後，最後挑選了Life牌的Writing Paper信紙。

這款信紙和任何筆都很搭，而且不會造成對方壓力的設計也很棒。這次的內容既不能隨便，但也不能太正式，Life牌的信紙可以將這種分寸拿捏得恰到好處。

每次拿起這家公司的商品，都忍不住感慨，日本太了不起了，更令人感激的是，商品的價格設定也很有誠意。

每次代筆時，我都會想像自己穿上人偶裝。這次我悄悄走進外形是小舞的人偶裝內，緩緩穿在身上，靜靜地想像自己和人偶裝合爲一體。

我用這種方式，讓小舞的體溫和自己的體溫融合，配合她的呼吸，感受她手指的感覺和眼睛的感覺。

有時候能夠馬上完成這項作業，但有時遲遲無法融爲一體，耗費很長的時間。這次爲小舞代筆時，很快就完成了這個步驟。

上次寫絕交信時，我也曾經一度化身爲小舞，所以這次比之前簡單。

小舞平時就叫她婆婆優子媽媽，這封信的開頭也使用這個稱呼。

涼麵最棒了！吃完之後，身體也跟著
變涼了。
我之前完全不知道，原來可以在
家裡調製涼麵的沾醬。
那天聽您說，如果使用柚子醋，做
起來更簡單，之後我試著挑戰，
但是完全做不出那種豐富的味道。
即使材料相同，份量和比例也很
難拿捏。雖然我按照您教我的
方式，一次又一次試味道，一次又一次
調整，但越加調味料，離理想中的
味道就越遠，讓我完全失去了方向。
下次請您再教我怎麼做！最好可以
再吃到您親手做的涼麵（這句才
是我的真心話）。
因為那是我這輩子第一次吃到那
麼好吃的涼麵。
今天提筆寫這封信，想要向您報告一件事。
其實我煩惱了很久，不知道該不該告訴您。
即使現在提筆寫這封信，我仍然

親愛的優子媽媽

這陣子，天氣突然熱了起來，只要一抬頭，就可以看到初夏的天空。
我有預感，很久之前您教我做的咖啡果凍，今年也會經常出現在我家的餐桌上。
俊雄說，他最愛這款咖啡果凍的軟嫩Q彈，簡直欲罷不能。
我也完全同意他的意見，把蜂蜜和牛奶加進滑嫩的果凍，再用湯匙輕輕攪動送進嘴裡，簡直太幸福了！光是想像，就感受到一陣清涼。
我們家平時很少喝牛奶，只有夏天時，冰箱裡隨時都會準備牛奶，咖啡果凍永遠都是冰箱裡的「先發球員」（笑）。
不好意思，我一直聊吃的，上次回家時，吃到今年第一次的中式涼麵也令人難忘。酷熱的天氣吃的那條一樣，都是月盈月虧的月相圖案。

兒子目前雖然住在學校，但每次都在電話中說，很想吃您做的菜。（他從來沒說過想吃我做的菜！）

如果要列舉您至今為止做給我們吃的美味料理，簡直數也數不完。

如果只能挑選一道，雖然是痛苦的選擇，但我會選關東煮，俊雄說他最愛燉牛肉，兒子是溏心蛋肉捲。

您總是用帶著滿滿愛的料理餵飽我們，我們內心充滿深深的感激之情。

接下來的天氣會越來越炎熱，請您多保重，避免中暑。

我正伸長脖子，期待下一次品嘗您的手藝。

舞　敬上

很猶豫，覺得也許不提這件事，
能讓我們彼此相安無事。
但是，思考如果我是您，會希望
怎麼做之後，決定鼓起勇氣告訴
您。如果造成您的不愉快，真的
很對不起。
您上次送給我們的南瓜布丁中，
有一根頭髮。之前我們回家時，
在家裡吃炸肉餅也吃到了頭髮。
我以前也曾經在做兒子的便當
時，不小心讓頭髮掉進去，他回
來告訴我，我大吃一驚。
那次之後，我在廚房下廚時都會
用擦手布巾綁住頭髮，雖然頭髮
綁過之後會變得很塌，看起來很醜……
您是否也願意試試用擦手布巾
綁在頭上？
前幾天，我在小町的一家雜貨店
看到一塊漂亮的擦手布巾，如果
您不嫌棄，希望您拿來使用。和我

雖然在寫信時，完全不覺得腎上腺素在分泌，但是寫完之後，頓時感到疲憊不堪。可能是因爲相隔多年才重拾代筆工作，內心太緊張的關係。身體格外沉重，甚至無法站起來，好像這幾年累積的疲勞一下子撲上來。

我把剛寫完的信紙移到一旁，額頭抵在騰出來的空間，整個人趴在桌子上。我閉上眼睛，調整呼吸，差一點被強烈的睡意帶走。

也許是因爲相隔太久寫信，找回當年的感覺所需要的龐大能量超乎我的想像。經常聽人說，運動和樂器的練習，只要休息一天，就需要努力三天才能回到休息之前的狀態，我覺得自己親身體驗了這種情況。

休息了一會兒之後，在信封正面寫了「優子媽媽敬啓」，背面寫了「舞緘」，然後把對折的信紙放進信封，最後放在佛壇的角落。

我發現後背在不知不覺中流了汗，於是起身從冰箱拿出冰汽水。汽水已經開過了，而且喝掉了一大半，我直接用保特瓶咕嚕咕嚕一口氣喝完。

這時，聽到蜜朗的聲音：

「我回來了。」

今天是他自己經營的咖啡店公休的日子，所以一大早就去海邊。

鎌倉明確分成山派和海派，二階堂這一帶完全是山派生活的地區。

山派和海派的人也很不一樣，山區這一帶住了很多以學者爲首的知識分子，熱愛衝浪等以「南方之星」樂團爲代表的海洋文化的人，都住在海邊。

蜜朗輕鬆地跨越了這種地域限制，從山派華麗轉身，變成了海派。起初是店裡的熟客邀他去海水浴場，沒想到轉眼之間，他就成爲一名衝浪者了。

聽說他起初只是趴在衝浪板上，隨著海浪漂浮。之後看著周圍的衝浪者有樣學樣，終於能夠站在衝浪板上，據他所說，現在已經能駕馭海浪了。

我舉雙手贊成蜜朗找到自己的興趣，他臉上的表情也變得生動燦爛，我也希望看到這樣的蜜朗。他曬黑了，看起來健康有活力，肌力增加，比以前強壯了。

他在衝浪者之前，是三個孩子的爸爸。他會幫忙做家事，也算努力經營咖啡店，但是無法否認，他仍然有不夠踏實，或者說不夠穩重、很會找各種藉口的一面。

在婚姻生活中，蜜朗的缺點漸漸浮上檯面。平時我當然會睜一隻眼，閉一隻眼，但俗話說「積沙成丘，積少成多」，我偶爾也會爆炸，發洩內心的不滿。

不知道蜜朗是否知道我內心的想法，他一臉神清氣爽踏進了家門。

「怎麼樣？」

「嗯，今天普普通通。」

蜜朗知道我不喜歡衝浪的話題，所以我猜他故意說得很低調，但是只要看他的臉，就一目了然。他的眼睛就像是新鮮的魚，完全可以用「如蜜朗魚得水」來形容。

「這是今天的買菜清單。」

我把手寫的便條紙交給他。

「好喔。」

蜜朗的回答就像我剛才喝的、漏了氣的汽水。

我們家由蜜朗負責買菜。因爲我們是雙薪家庭，所以家事以徹底分工合作爲原則。我們在試錯多次之後，終於建立了目前的制度。

我聽到蜜朗發動車子的引擎，把車子開出去的聲音。我靜靜地鬆了一口氣，很慶幸沒有因爲瑣事和他起爭執。

家庭是最小型的社會，不同出生與成長環境的人，在同一個屋簷下並肩生活。不同的生活習慣和價值觀會引發衝突。

一旦發生衝突，大道理無法解決問題，必須慰勞彼此的辛苦，必須妥協，說一些違心的稱讚，推不動就用拉的，預先打點好周遭關係，增加自己的盟友。總之，需要一點心機，說得好聽，就是需要一點小巧思。

如果是短期戰，只要打一架比出高下就解決了，但家庭的經營是長期戰，既然是長期作戰，就需要發揮忍耐力。

我起初因爲追求完美，不僅把對方搞得很累，連自己都疲憊不堪。現在也會因爲一些芝麻小事和蜜朗拌嘴，但也許我們都從中學習到，這是毫無建設性的事，所以現在吵架的次數比以前少了。話說回來，家裡有三個小孩子，經常忙得連吵架的時間都沒有。

「鴿子波波，妳在嗎？」

我正忙著焦頭爛額，又有一個麻煩的客人上門了。

我不需要抬頭確認，就知道是男爵。男爵奇蹟似的恢復了健康，讓人忍不住想翻桌，覺得他之前那場病到底是怎麼回事！

不，也許只是愛操心的男爵自以爲得了重病。那次他一臉憔悴地走進山茶花文具店，說他得了癌症，要我代筆寫信給他太太胖蒂和兒子，幸好我拒絕了。即使我使出渾身解數代他寫了遺書，最後也是白忙一場。事到如今，我甚至懷疑他說自己得癌症這件事的眞實性。

附近有一隻超膽小的狗，一年四季都會聽到牠狂吠不已。也許人類也一樣，越是怯弱的人，越想要虛張聲勢，讓自己看起來更了不起。眼前這個人完全就是最佳的例子，仔細觀察男爵一連串的言行舉止，我得出這樣的結論。人家是膽小如鼠，他是心臟只有跳蚤大。說他可愛，的確有點可愛，但如果說他可惡，還眞的挺可惡的。

「今天有何貴幹？」

我故意用冷淡的語氣問他。其實我很想知道胖蒂和他們的兒子現在怎麼樣，但刻意不碰觸這個話題。

「如果沒事，就不能來店裡嗎？」

男爵以一臉不悅的表情應戰。他看起來的確比以前瘦了些，但我覺得不是因爲生病的影響，而是上了年紀的關係，他的氣色看起來很好。

「妳的軟公去哪裡了？」

「他去幫我買菜。」

我生氣地回答。

男爵說蜜朗是吃軟飯老公，簡稱軟公。蜜朗明明有工作，並沒有吃軟飯，但是男爵似乎認定就是這麼一回事，偶爾會用充滿嘲諷的語氣叫蜜朗軟公。

「男爵，你自己還不是一樣嗎？」

我也稍微反擊了。

男爵的太太胖蒂基於興趣，成立了製作麵包的YouTube頻道，結果迅速竄紅。於是她辭去了小學老師的工作，轉行成爲YouTuber。她的美貌和身材，以及開朗的個性和好脾氣，很適合成爲YouTuber。因爲她之前是小學老師，教學對她來說易如反掌，如今她已經成爲小有名氣的名人，書店還有賣她寫的食譜書。

「我是主動退休的。」

男爵嘟著嘴說，他似乎不想被認爲和蜜朗一樣。

「眞羨慕不需要爲五斗米折腰的生活。」

前年，他們用胖蒂賺的錢在葉山蓋了新房子，但是，要提及之後的進展，就必須格外小心謹愼。

「哼。」男爵用鼻孔噴氣。我哪壺不開提哪壺，他明顯感到不高興。男爵左右手輪流伸進了和服的袖子，抱著雙臂。這個動作證明他現在很不爽。

「我去泡茶。」

我停頓了一下，站起來。我想起男爵之前去京都時，帶回來送我的昆布茶還沒喝完，泡了昆布茶。我把昆布茶職人切得如同細絲的昆布放在茶壺底。因爲男爵之前一再說明，放太少會不好喝，事實也是如此，所以每次泡昆布茶時，我就像暴發戶一樣，放了很多昆布。

接著，把稍微冷卻的熱水倒進茶壺。

我把裝了昆布茶的茶壺放在托盤回到店裡，發現男爵正在專心滑手機。

「你一直盯著手機看，視力會變差。」

雖然我貼心地提醒，但他果然對我不理不睬。最近和QP的相處，我已經習慣被當空氣了。

我不想大口喝這麼奢侈的昆布茶，而是想要小口品嘗，所以準備了喝日本酒用的小酒杯。

我小心翼翼地拿起茶壺倒茶，不讓任何一滴昆布茶倒出來。因爲男爵上門，我也能夠一起享用非日常的奢侈昆布茶了。

「果然很好喝。」

喝了才發現，男爵還沒喝，我自己卻先喝了起來。昆布茶的滋味滲入五臟六腑。這幾天有點寒意，季節好像倒轉了。

「所以，到底有什麼事？」

男爵緊閉雙唇，什麼都沒說，我忍不住催促他。

「我完全搞不懂女人在想什麼？」

男爵幽幽地說。

「你不是已經身經百戰了嗎？」

我開玩笑說。

「我完全搞不懂她在想什麼。」

他注視著天花板，重複了相同的話。

男爵恐怕也沒有想到，自己的妻子竟然成爲當紅的YouTuber，更因此成爲小有名氣的人。

在葉山建造新房子前，一切都很完美，但胖蒂似乎結交了一個比她年輕的情人。

這是周刊雜誌報導的內容，眞相如何，就不得而知了，搞不好只是男性朋友。

但是，周刊拍到了照片。清晨在葉山的縣立近代美術館葉山館前的散步走道，和一個長髮男子有說有笑地並肩走在一起的女人，葫蘆般的背影，無論從哪個角度看，都是胖蒂。

雖然我也不想看這種八卦報導，但那男人是以前頗受歡迎的搖滾樂團貝斯手，離過一次婚。

「根本不知道是眞是假。」

我判斷男爵發出的訊號，表示可以碰觸這個話題，而且他很希望和我討論。我希望在兩個小一新生和蜜朗回家之前結束這個話題。

「軟公硬得起來嗎？」

男爵一臉嚴肅地問。

硬？

應、映、印、蔭、膺。

這個世界上，有很多字都發這個音，但我想男爵問的應該是「硬」。男爵竟然和我聊性事！這太出乎我的意料，但我知道即使現在裝純潔也是無謂的抵抗。

「嗯，他還年輕，還硬得起來。」

我還沒開口，男爵就說：

「因爲是妳，所以我才和妳聊這些。我老婆最近很激情，每天晚上都把我撲倒。」

「撲倒」這種形容太滑稽了，我差一點忍不住笑出來：

「被胖蒂撲倒，不是幸福的煩惱嗎？」

我對男爵說，而且覺得會主動撲倒老公的胖蒂也很幸福。

我從來沒有主動撲倒過蜜朗。雖然至今爲止，好幾次想要出其不意地撲倒他，但都沒有付諸行動。

「如果能回應她的熱情，是很幸福沒錯。」

這是成年人的談話。我深有感慨地點了點頭：

「眞傷腦筋啊。」

雖然這句話對解決男爵的煩惱毫無助益，但我找不到其他恰當的話。

之後，我和男爵閒聊了一會兒，他才離開山茶花文具店。臨走時，他刻意買了一枝麥克筆。這可能是男爵的貼心。

「謝謝招待。」

男爵對我說。

「我只是借花獻佛。」

男爵聽了我的回答，露出驚訝的表情。他可能忘記之前送我昆布茶的事。

「這是你之前去京都的時候，帶回來送我的伴手禮。」我向他說明。

「喔喔，我想起來了。」

男爵深有感觸地說。

我記得那次的京都旅行，是他們夫妻難得單獨出遊，男爵可能想起了這件事。

「我的小弟很快會搬來這一帶，到時候請多指教。」

男爵好像突然想起有這件事，對我說道。

他說話的語氣和表情仍舊是男爵的氣派，我暗自鬆了一口氣。

男爵因爲娶了年輕的太太，太太還爲他生了一個兒子，所以有段時間穿夏威夷襯衫扮年輕，但我還是覺得和服最適合他。

男爵前腳剛走，蜜朗就踏進了家門。他的後車廂塞滿了我們家的食材和生活必需品。

蜜朗當初說因爲要載衝浪板，提出想買車時，我眞的火冒三丈，覺得我們家連像樣的存款都拿不出來，他竟然最先考慮到衝浪，爲了這件事差一點和他鬧離婚。但是實際買了車子之後，就覺得的確很方便。雖然一家五口塞進小車子有點擠，但這也是無可奈何的事。

蜜朗就像貨運業者般，動作俐落地從車上把衛生紙之類的東西全都搬了下來。

話說回來，春天爲什麼總是腳步匆匆？

今年舒服的五月，放晴日子也屈指可數，最近整天都在下雨，而且氣溫很高，所以很悶熱。鎌倉一年四季的濕度都很高，尤其目前這個時期，不舒服指數堪稱世界第一。洗好的衣服完全乾不了，讓人心浮氣躁，這是最近最大的煩惱。

說到煩惱，QP今天早上沒吃早餐就出門了。我知道國中三年級正值情緒不穩定的年紀，但她一百八十度的變化太令人錯愕了。

因爲兩個比較小的孩子要帶便當，所以我今天特地用心製作了QP最愛的蛋皮花壽司。不久前，她還吃得眉飛色舞、津津有味，今天卻不屑一顧。眞是枉費我優先考慮QP喜歡的口味，在雞蛋裡加的不是糖，而是鹽。

到底是怎麼回事？QP，如果我做了什麼傷害妳的事，希望妳可以告訴我。

無論我怎麼懇求，她都充耳不聞，我們變成了兩條平行線。但是她對蜜朗和兩個弟妹的態度一如往常，正常聊天，和他們一起玩，也會一起出門，不滿的矛頭只針對我一個人。

現在有些國中生已經沒有第二次叛逆期了，QP的態度或許才是正常的反應。

雖然有同學的媽媽輕鬆地表達這樣的意見，但我不知道是否能對這句話照單全收。第一次叛逆期也被稱爲「凡事都『不要』的叛逆期」，我沒有經歷過QP的第一次叛逆期，即使看了QP生母美雪的日記，上面也很少提到這件事。也許在QP的第一次叛逆期之前，美雪就因爲被捲入那起事件，失去了生命。

即使問蜜朗，他也只是含糊地回答：「嗯，叛逆期喔，當時是什麼狀況呢？」完全不得要領。

QP雖然正值叛逆期，但她沒有對我暴力相向，也沒有口出惡言，只是一下子對我咂嘴，一下子瞪我。長時間持續遭到無視，對精神也是很大的折磨。

「妳自己那個年紀的情況呢？」

我和可爾必思夫人討論QP叛逆期的問題時，她這麼反問我。我和可爾必思夫人是一起喝茶的朋友，她每次來山茶花文具店附近，就會翩然現身，而且每次都在絕佳的時間點出現。當然，她對圓點圖案的偏愛也始終沒變。

回想起來，我身爲代筆人的第一次接案，就是可爾必思夫人委託我寫的弔唁信。可爾必思夫人當時收到猴子權之助的訃聞，於是委託我代她寫一封安慰悲傷飼主的信，但是我已經想不起那位飼主的名字了。

「我整天對祖母亂發脾氣。」

回想起當年的自己，恨不得有一個地洞讓我鑽進去。

「對不對？所以就是這麼一回事。」

可爾必思夫人說話時撐大了鼻孔，一臉得意的表情。

「在我讀高中的某一天，叛逆期突然襲來。」

我至今仍然清楚記得憤怒就像嘔吐物一樣，從身體中心瞬間湧現的那種感覺，當我回過神時，發現自己整天對上代惡言相向。

「妳阿嬤辛苦了。」

「是啊，我相信她當時精神壓力很大。」

上代在寫給靜子女士的信中，赤裸裸地寫到這件事。

「波波，妳有沒有聽過『時光藥』？」

可爾必思夫人說。

「時光藥嗎？」

「對，就是時間這種藥，時間是良藥。」

「我第一次聽說。」

我回答。

「有些問題，只有時間才能解決。我的人生已經活了好幾十年，經歷了很多事，也曾經要死要活的。」

「是嗎？」

我大吃一驚，打量著可爾必思夫人的臉。

「但是，現在回想起來，可以充分感受到，包括所有這些不愉快的事在內，都成爲我人生的養分。

「無論發生任何事，都不要抗拒，用自己的雙手迎接，然後再靜靜地放水流。人生就是一次又一次經歷這樣的過程，然後靜靜等待時間的流逝。我在人生的中途發現，在這個過程中，完全不需要做任何事。」

可爾必思夫人正在和我分享人生的金玉良言，我虛心受教，默默等待她的下文。可爾必思夫人繼續說道：

「隨著時間的推移，眼前的風景會慢慢改變。因爲每天都只改變一點點，所以難以察覺，但是有一天會發現，咦？看到的風景不一樣了。這就是時光藥發揮了作用。「人類天生具備了自然治癒力，受了傷，即使不管它，不是也會慢慢好起來嗎？我覺得無謂的抵抗反而會讓人溺水、或是被水嗆到，讓事態變得更糟。越是這種時候，越要徹底放鬆，讓自己隨波逐流。用這種態度面對，最後所有的事，都會成爲一笑置之的過往。」

可爾必思夫人露出平靜的表情說。

現在的我完全無法想像，有朝一日，和QP之間的不和能夠變成一笑置之的往事。我第一次和可爾必思夫人聊這麼深入的話題，有一種新鮮的感覺。沒想到可爾必思夫人一路走來，也曾經痛苦、煩惱和掙扎，但是仔細思考，就覺得這也是理所當然的。

「我的心情好像輕鬆了一些。」

我對可爾必思夫人說。也許是因爲臉上的表情太苦惱，所以可爾必思夫人才會對我說這些話。

「除此以外，還要笑口常開。」

可爾必思夫人露出爽朗的笑容說：

「越是痛苦的時候，越要笑臉以對，這樣不是就可以爲比自己更辛苦的人帶來希望嗎？」

「我這陣子可能每天都眉頭深鎖。」

我在反省之際，小聲嘀咕著。

我有時候照鏡子，好像在鏡子看到張嘴皺眉、頭上長角，彷彿女人怨靈的般若面具，讓我起了一身雞皮疙瘩。

「人生眞的很不容易！」

我也學可爾必思夫人，帶著開朗的心情說道，然後眞的覺得心情舒暢了些。

「波波，我想她應該只是在考驗妳，想知道妳到底有多眞心愛她。也許她覺得妳被弟弟和妹妹搶走了，內心產生了一絲嫉妒。

「所以，妳不妨認爲這也是她用另類的方式表達愛，然後耐心等待QP妹妹眼前的風景自然改變。別擔心，因爲妳是一個好媽媽。」

可爾必思夫人的最後一句話，讓我拚命忍住的淚水撲簌簌地流了下來。這幾年，雖然我經常稱讚別人，但幾乎沒有稱讚過自己，我好像也一直在否定自己。

「對自己寬容一點。」

我放聲哭了起來，可爾必思夫人撫摸著我的後背。仔細想了一下，我發現自己好久沒有這樣大哭了。

雖然日常生活中有太多想哭的事，但並沒有餘裕好好哭一場。我嚴以律己，覺得如果有時間哭泣，還不如把洗好的衣服折一折，所以一直無暇面對自己的情緒。

可爾必思夫人掌心溫柔的溫度穿越後背，緩緩滲入我的心靈表面。我一直自我激勵，要好好努力，成爲稱職的媽媽，我覺得自己很勇敢。

「好了。」

可爾必思夫人在絕妙的時間點站了起來：

「好像又快下雨了。」

沉重的烏雲籠罩天空。

「我心情變輕鬆了，謝謝妳。」

我對可爾必思夫人說。

這並不是客套話。和可爾必思夫人聊天之後，整個心變得像舒芙蕾一樣輕盈。

「時光藥。」

可爾必思夫人看著我，再次叮嚀著。

「好，時光藥。」

我也重複了一次自我提醒。

六月已經過了一半，今年又在豐島屋門口看到漂亮的七夕裝飾。雖然每年都會看到，但每年都仍會驚訝地停下腳步，彷彿第一次看到這片景象。因爲實在太漂亮了。

藍色、黃色、紅色、粉紅色和綠色的短籤和紙做的熟悉鴿子裝飾，掛在筆直的幼竹上，隨風飄動。

不知道白色短門簾上「屋島豊」這三個字是誰寫的。我想是因爲又重拾了代筆工作，所以才會在意這件事。因爲和平時閱讀的方向相反，所以乍看之下好像是誰的名字，感覺很可愛。

我走進店內，很快買完了東西。

二之鳥居的綠色、黃色、紅色和紫色四個七夕風向袋，也在風中飄來飄去。頭頂上方的烏雲根本不在眼裡，鮮豔的色彩強勢地把夏天拉近，吸引了我的目光。

果然如我之前的預期，段葛兩側的櫻花已經完全變成葉櫻，茂密的櫻花樹葉在風中沙沙作響。

撐著雨傘，走在雨中的鎌倉也不壞。

下雨的日子，鎌倉本地人上街時，分成長筒雨靴和海灘夾腳拖兩大派，我以前是長筒雨靴派，穿上雨衣走在街上，全身徹底防水。

但是生了孩子後，就改成夾腳拖派。穿著夾腳拖，即使地上再濕，甚至踩到水窪，也完全不必在意。出門時穿上被雨淋到也不用擔心的T恤和短褲，回家後換下一身濕衣服，就可以省去穿長筒雨靴的麻煩。既不穿長筒雨靴，也不穿夾腳拖，而是穿包鞋或男士皮鞋等走在路上的，都是外地來的觀光客。

雖然從昨天開始，雨就時下時停，但因爲整修工程後，原本的泥土路鋪了水泥，所以走在路上可以完全不在意腳下。以前只要一下雨，地面就很泥濘，如果不穿長筒雨靴，無法安心走路。不可否認，現在的路面比以前好走多了。

比我先到一步的小舞撐著紅色雨傘，站在一之鳥居下方。今天我和小舞要約會。之前受小舞的委託，寫給她婆婆的信，成功達到了目的。我很擔心萬一她們婆媳關係破裂，我不知道該如何負起責任，但她婆婆非但沒有生氣，還很感謝小舞。

我們站在遲遲等不到綠燈的斑馬線兩端相互使著眼色、揮著手。小舞穿著長筒雨靴和及膝的雨衣徹底防水，看起來就像晴天娃娃。

「優子媽媽說，她覺得經過這次的事，我們成爲了眞正的母女。」

前幾天通電話時，小舞興奮地告訴我。她說想付我代筆費，問我能不能抽空和她見面，於是我們決定利用這個機會去八幡宮賞花。

八幡宮剛好位在小舞家和山茶花文具店中間的位置，於是我把店交給工讀生，從家裡溜了出來。

行人號誌燈終於變了，我走向小舞。小舞臉上的表情似乎比上次見到時更開朗了。

我們先去源平池看蓮花。

紅色太鼓橋的右側是源氏池，左側是平家池。以前根據源氏的白旗和平家的紅旗，源氏池內都是白色蓮花，平家池內都是紅色蓮花。

但是，如今兩個池內都綻滿了有紅有白的蓮花。因爲源氏池和平家池在橋下相連，這樣的結果也是理所當然。

爲了祈求源氏的繁榮，源氏池內有三座島，平家池內有四座島，分別取自「三」和「產」、「四」和「死」的諧音。據說原本源氏池內也有四座島，但政子夫人派人破壞了源氏池內的其中一座島，只留下三座。

「對了，蓮太朗的蓮字，是來自八幡宮的蓮花嗎？」

來到幼兒園前，在至近距離欣賞蓮花時，小舞問我。

「對啊，他是在蓮花季節來到我的肚子，而且蓮花是我很喜歡的花。我喜歡看蓮花，也喜歡吃蓮藕，但最近很久沒吃蓮藕了，太貴了。」

我說。

「每次看到蓮花，心情就很平靜。」

小舞說，我也完全同感。我當然喜歡山茶花，但是蓮花有獨特的包容力。

「那小梅的名字呢？」

「小梅是在梅花含苞待放的季節出生的，而且小梅這個名字很可愛。這兩個名字都是QP取的。」

「啊？原來是這樣啊，我還以爲是妳取的。」

「嗯，其實是我們和她一起討論後決定的。因爲QP的名字也有葉菜的菜這個字，所以隱約覺得最好孩子的名字都和植物有關。

「最後是由QP決定，兩個弟妹的名字都是她取的。」

我們聊著天，不知不覺離開了源氏池，去看平家池的蓮花。

「沒什麼不一樣。」

小舞呵呵笑了起來。

「對啊，兩個池子都是相同的蓮花。」

即使用人工的方式分色種植，經過一段時間之後，就會恢復紅白交錯的自然形態。可爾必思夫人前一陣子告訴我的「時光藥」，或許就是這個意思。無論怎麼掙扎、怎麼哭喊，只要時間流逝，就會變成應有的樣子。

「那我們去手水舍那裡。」

我們一起往舞殿的方向走去。

浮在手水桶上的繡球花看起來就像手鞠球。粉紅色、水藍色、紫色、淡紫色、白色和藍色等各種顏色的圓形繡球花，好像行星般浮在水面。

浸在水中的繡球花看起來充滿活力，幾乎可以聽到歡喜的歌聲。一陣涼風吹過悶熱冒汗的後背。

「每年看到這個景象，就覺得夏天快到了。」

小舞說話的聲音帶著陶醉。

一陣風飄來，掛在舞殿的紙花球和風向袋就像裙子一樣被吹了起來。我深深覺得鎌倉的一年是從夏天開始的。

「我想難得去上面參拜一下。」

聽到小舞這麼說，我說：「那我也去。」於是一起走向階梯。

神木的大銀杏樹連根倒下至今已經十年了。

那時候，我還沒有回來鎌倉，從上代在那天晚上寫給住在義大利的靜子女士的信中，不難了解這對鎌倉市民來說，是多麼重大的事。

樹齡有一千年的大銀杏樹連根倒下了。

不知道是不是太衰老了？

上代在那封信中一開始就提到這件事，可以感受她內心的不平靜。

她在信中寫道，那一天，她從新聞報導中得知這件事後，猶豫著該去看一眼銀杏樹倒下的樣子，還是要在記憶中保持它挺拔的身影，最後還是決定去看一下。關了店門之後，騎著腳踏車趕去那裡，然後合起雙手，希望它安息。

在這十年間，從那棵大銀杏樹的樹根長出的新芽已經長得很大了。

雖然遠遠比不上以前大銀杏樹的蒼勁雄偉，但年輕的銀杏樹也已經長得很高，體格也變得很強壯，即使兩、三個小孩子吊在樹上或是用力搖晃，銀杏樹都紋風不動。加油。我在內心聲援。

本宮參拜結束，我們轉過身，久違地欣賞了腳下的風景。

「好棒喔。」

「從這裡看出去的風景最棒了。」

段葛筆直延伸，通往大海。

這個城市太美了。

小舞要往丸山稻荷社的方向回家，我從白旗神社穿越橫國大附屬小學的操場是回家的捷徑，所以我們就在這裡道別。

小舞在皮包裡窸窸窣窣翻找著，從裡面拿出一個小紅包袋。

「給妳，這是之前委託妳代筆的酬勞。這次眞的太感謝妳了。」

小舞鄭重地鞠躬向我道謝，我誠惶誠恐地用雙手接過了紅包袋。

我把在豐島屋買的伴手禮交給她，有點像是以物易物，和她的紅包袋交換。裡面裝的是小鳩豆樂，那是一口大小的鴿子形狀落雁糕，我都稱之爲「鴿子飼料」。嘴饞的時候吃這款點心，會有安心的感覺。如果小孩子看到，一下子就會被他們吃完，我總是藏在只有自己知道的祕密地方，然後趁他們沒看到時偷吃。

家裡的存貨剛好吃完了，我也順便爲自己補了貨。雖然在吃小鳩豆樂時，會有一種弱肉強食的感覺，心裡有點難過。

「那就改天見。」

「希望我們都有一個美好的夏天。」

我在說這句話時，想到一旦進入暑假，我一定忙著育兒，就無法像這樣和小舞共度悠閒的時間了。

來到長滿爬牆虎的房子附近時，我一百八十度轉身，走回八幡宮的方向。因爲我一直覺得好像忘了什麼事，卻又想不起來到底是什麼，心裡很不舒服。現在終於想起來了。

我去了社務所，拿了畫了構樹樹葉圖案的許願籤，然後用麥克筆寫上心願。我想起和蜜朗、QP成爲一家人，第一次迎接的夏天，我們在剪成構樹樹葉形狀的許願籤上寫下了自己的心願。

蜜朗當時寫了「生意興隆！」。

我不會忘記QP寫了「ㄨㄛˇ ㄒㄧㄤˇ ㄧˋㄠ ㄉㄧˋ ㄉㄧˋ ㄏㄨㄛˋ ㄇㄟˋ ㄇㄟˋ」。

我自己寫了什麼？雖然記得別人的心願，卻怎麼也想不起自己的。

我拿著麥克筆，思考著今年要寫什麼。

我有很多心願，很難只挑一個。

最後終於把內心的想法化爲文字，然後用五色繩綁起，供奉給神明。

心情終於舒暢了，走在回家的路上時，欣賞著沿途的繡球花，不時轉動雨傘。

鎌倉一年四季有各種不同的花卉爭奇鬥豔，但繡球花還是最適合這個城市。盛開的繡球花就像五彩繽紛的肥皂泡。

回到家之後，我打開了藏寶箱。我記得之前的許願籤放在裡面。

其實那是上代之前用來放衣物的柳條箱，我稱之爲藏寶箱，用來放一些充滿和家人的回憶、捨不得丟棄的物品。

正確來說，我都是隨手把東西丟進去。老後的樂趣之一，就是慢慢看著這些東西，沉浸在回憶中。

最後終於在藏寶箱深處的角落，找到三張寫了心願的構樹樹葉圖案許願籤。相隔數年，又看到ＱＰ幼稚而又熟悉的字跡，也同時找到她在母親節送我的手工卡片，以及六歲那年的六月六日，開始練毛筆時寫的宣紙。

猛然回過神，發現眼淚不停地流。我也不知道爲什麼會流下這麼多淚水。雖然不知道，但可能就像下雨一樣，淚水很自然地流了下來。

我很想馬上緊緊抱住ＱＰ。即使她把我推開，即使她踹我、咬我，我也會忍耐。

我想在胸口好好感受ＱＰ的溫度，想發自內心好好愛當初生下ＱＰ的美雪傳承下來的生命。

我也愛ＱＰ。

我忍不住笑了出來。因爲我剛才寫下的心願和那時候幾乎沒有改變。我最大的心願，就是希望家人健康與和樂，希望所有人都能夠帶著笑容過日子。這幾年，QP寫的字就像繡球花的別名「七變化」般持續變化，但我的字幾乎沒變。

剛才我覺得自己有很多心願，但是可以概括成一個。只要能死守這件事就很圓滿。當年的自己和現在的自己攜手，讓我了解這一點。

QP的心願實現了。

不知道QP現在會在構樹樹葉寫下什麼心願？

午餐時，我吃著QP完全沒吃的蛋皮花壽司，發現也許我們在不知不覺中，已經眞正成爲了一家人。

蛋皮裡似乎加了太多鹽，滿嘴都是鹹鹹的味道。

丹桂

仙女棒最後的火球掉落地面的瞬間，夏天就結束了。火球像小動物一樣在地面上抖動了幾下，最後火光滅了，也不再抖動，咻一下被吸入了黑暗。

「結束了。」

我刻意省略了「夏天」這個主詞。

「嗯，消失了。」

蜜朗也和我一樣，幽幽地嘀咕。

仙女棒的氣味像熱霧般飄散在四周。仔細一想，發現這可能是我們夫妻第一次一起放煙火，因爲之前QP每次都會一起加入。

蜜朗小心翼翼地撿起散落在地上的仙女棒木桿，浸在水桶的水中。

我小心地拎著水桶回到家中，以免水灑出來。QP正一邊看電視，一邊滑著手機。

「我回來了。」我用開朗的聲音向她打招呼，但她還是沒有理我。

今天晚上，兩個小的都去同學家聚會過夜，是我和QP一對一聊天的絕佳機會，原本準備煙火也是爲了這個目的。

去年夏天曾經玩得那麼高興，幾乎每天晚上都想放煙火的QP到底去了哪裡？

「要不要吃西瓜？」

我打開冰箱，隨口問QP。

「不要。」

也許她願意開口回答，我就該偷笑了。我忍不住嘆了一口氣。這種時候，都會像唸咒語般不停地唸著「時光藥、時光藥」。

暑假的所有事，只能割愛放棄。

在小孩第二學期開學的幾天後，我收到了那封信。時下很難得看到有人手寫收件人的地址和姓名，信封正面寫著「山茶花文具店　敬啓」，翻到背面，上面寫了一個陌生的名字。我以爲是女人寫的字，但寄件人似乎是男性，寄件人的地址寫著東京都大島町，從字跡判斷，對方不是上了年紀的人。

我回到店內，用拆信刀拆了信，裡面是普通的橫式信紙。我在看信時，忍不住一次又一次嘟噥：「怎麼可能？」

怎麼可能？不可能有這種事。上代？

不可能。絕對不可能。

即使看到最後，我仍然無法相信。我又從第一頁重看一次。即使重複看了兩次，信上的內容仍然沒有改變。

怎麼可能……

上代竟然曾經有一個交往對象……

而且對方還是有家室的人……

我無論如何都無法相信。

我把信紙折起放回信封，靜靜地收進唯一有鎖的書桌抽屜深處。除了我以外，任何人都不能看到這封信。

寄信給我的是上代曾經的交往對象的親戚，他說最近會來東京，問我是否願意和他見面。

他似乎上網查了山茶花文具店，知道我的存在。他說有東西想交給我。

他在信的最後寫著，他會在去東京之前和我聯絡。

在樹上柿子的顏色一天比一天紅的季節，接到了一位媽媽友的媽媽友打來的電話。她想和我討論有關代筆的事，希望我可以去她指定的地點。因爲她身體虛弱，無法前來山茶花文具店。

我隱約感覺到這件事不可拖延，於是就在最快挪出時間的週六傍晚，搭上了很久沒搭的江之電電車。

我已經準備好晚餐，只要加熱就可以吃，QP說她會照顧兩個弟妹，所以無需擔心。不在我視線範圍內的QP和以前一樣，不，甚至比以前更溫柔體貼。

對方和我約在江之電「鎌倉高校前」站的月台見面。

我比約定時間稍微早幾分鐘下車來到月台，發現一個女人坐在長椅上眺望著大海。

「妳好，請問是茜女士嗎？」

我一步一步走向她。

茜女士面帶微笑，緩緩地努力站起來。但即使只是這麼簡單的動作，似乎也會讓她渾身疼痛不已。她整張臉都扭曲著，用力皺起了眉頭。

我們面對著大海，一起坐在長椅上。

「這裡好美。」

我說。右側的江之島和左側逗子的街道就像張開的雙手。

「我很喜歡這片風景，所以每天從家裡搭四站過來，坐在這裡看海之後再回家。」

茜女士用平靜的語氣說。

「我曾經好幾次經過這裡，但可能這是我第一次在這裡下車。」

我在說話的同時，充分了解茜女士的心情。雖然鎌倉很大，但從這裡看到的海景也許最美。

「雖然我們家在湘南蓋了房子，但是從家裡完全看不到海。我生病之後，才發現原來大海這麼美。

「自從生病之後，我每天都會來報到。這不是散步，我稱之爲旅行。」

茜女士說到這裡，用力深呼吸了一次。也許她感到呼吸困難。然後，她斷斷續續地說：

「每天出門旅行一次，來這裡看海，原本躁動的心就會平靜下來。大海的淨化力量太驚人了。即使一整天做不了任何事，好像也可以得到原諒。」

「我懂。」

雖然我知道不能輕易說這句話，但還是脫口而出。

我從共同的媽媽友口中，了解了茜女士大致的狀況，但還不知道最關鍵的部分。

我默默等待茜女士的下文。過了一會兒，她對我說：

「我完全沒想到自己竟然會得癌症，我相信所有罹癌的人都一樣。是不是叫隔岸觀火？反正在罹癌之前，都覺得癌症與自己無關。」

嘩嘩、嘩嘩。海浪的聲音傳來。

一個又一個衝浪者抱著很長的衝浪板走向大海。海上已經有不少衝浪者的腦袋，正在等待大浪，簡直就像是一群海豹。

我也和那些身處海豹群中，等待海浪的衝浪者一樣，等待茜女士繼續說下去。比起面對面坐在室內的桌子，像這樣雙方都看著大海，更容易傾聽對方訴說。茜女士應該也覺得這樣更容易說話。

過了很久，茜女士又開口。但也許只有我覺得沉默的時間很漫長，實際上並沒有經過太長的時間。

「我剩下的時間已經不多了。」

因爲我無法看到身旁茜女士的臉，所以無法確定，但她的聲音聽起來好像在哭泣。

「我也覺得自己這樣驚慌失措很丟臉，很沒出息，但是想到很多事，淚水就忍不住流下來。眞對不起。」

茜女士在自己的皮包裡翻找，但是遲遲沒有拿出手帕。

「我眞糊塗，偏偏今天忘了帶手帕。不好意思，不知道妳有沒有面紙……」

茜女士說到這裡，我拿出了自己的手帕：

「如果不嫌棄，請用這塊手帕。我今天還沒用，所以很乾淨。不用擔心，我家裡還有很多小孩子不用的手帕。」

我用雙手按著情感的防波堤，避免自己也跟著哭出來。

「那我就不客氣了。」

茜女士向我鞠了躬後，接過手帕。

又是那塊手帕。就是我和蜜朗、QP三個人第一次約會時的那塊手帕。

我那天也忘記帶手帕，QP和我分享的飯後甜點布丁的甜味，在舌尖甦醒。

仔細思考，發現QP已經給了我各式各樣的禮物，所以無論她現在用什麼態度對我，也許都不足掛齒。

這種新的想法就像微風般掠過我的腦海。

「我跟妳說，我女兒快結婚了，她是獨生女。

「她原本打算在夏威夷舉辦婚禮，但是後來我生病了，他們緊急改成在橫濱舉辦婚禮，也比原來的時間提前。但是，我覺得即使他們提前，我可能也趕不上。我覺得好像爲他們的喜慶日子潑了冷水，內心很過意不去。

「女兒很擔心我的身體狀況，和我相處時也很貼心，但是我的情感好像一直在空轉，無法好好向她表達內心的想法。我眞是一個愚蠢的母親，明明剩下的時間不多了，卻整天對女兒發脾氣。」

陽光照在遼闊的海面，留下一片圓形的光。

光就像有意志的動物，緩緩移動，然後突然消失。茜女士繼續說下去：

「我以前從來沒有寫過信給女兒，所以希望至少留一封信給她。但是，我目前因爲手術後遺症，肩膀很痛，右手抬不起來，沒辦法自己寫。早知如此，我應該在身體出問題之前就寫很多信給她，我眞的太笨了。」

QP的手帕溫柔地吸收了茜女士的淚水。

我閉上眼睛，然後又緩緩睜開。

夕陽照耀下的大海熠熠生輝，無條件地祝福著活著這件事。

「妳會不會冷？」

我猛然想到，於是問茜女士。即使白天很熱，但早晚的風已經有了涼意。

「我沒問題，但是也差不多該回去了。等下一班往江之島方向的電車進站，我就會搭那班車。波波小姐，如果往鎌倉方向的電車先來，妳可以先上車。不好意思，還勞駕妳專程跑一趟。」

「千萬別這麼說。」

我對她說。天空中有幾朵就像是粉紅色魚鬆「櫻田麩」般明亮色彩的雲。

「我平時整天都看到山，眞的很久沒有這樣好好欣賞大海了，讓我覺得大海也很棒。如果妳不嫌棄，我下次可以再和妳一起坐在這裡看海嗎？」

「當然可以。」

茜女士微笑著回答。

她要搭乘的那班往藤澤方向的電車先到了，我站在月台上，目送她搭車離開。

茜女士身材修長高眺，外形很漂亮，但她不是只有容貌漂亮，該怎麼說，她就像女神，同時具備了美麗和剛毅。

目送茜女士離開後，千頭萬緒湧上心頭，我面對大海無法動彈。因爲我想繼續看著這片海，所以沒有馬上搭下一班電車，而是搭了再下一班往鎌倉的電車。

七里濱、稻村崎、長谷，隨著電車越來越靠近鎌倉，天色越來越暗，在江之電鎌倉車站下車時，天色已經漆黑。雖然是週六，但月台上幾乎沒有人，周圍寂靜得有點可怕。

回到住家附近時，家裡傳出幾個孩子充滿活力的笑聲。

QP也和弟弟、妹妹一起哈哈大笑。對聲音很敏感的中年鄰居可能又要來抗議，說我們家太吵了。

但是，即使眞的發生這種情況，只要買點心禮盒，和蜜朗一起上門道歉就可以解決。眼前最重要的事，是三個孩子都能發自內心歡笑。

我站在門口片刻，聽著他們三個人的笑聲。

懸在天空中的弦月就像是對半切開的蘿蔔，昆蟲在腳下悄悄練習著秋日合唱。

隔週開始，我努力擠出時間，盡可能出門和茜女士見面。

我們每次都在鎌高前的月台見面，一起眺望大海。雖然只是這麼簡單的行程，但想到今天又可以見到她，內心也染上了一抹緋紅。

茜女士每次都看著大海，和我分享女兒的事。

我傾聽她分享女兒出生的那天、兒時回憶等各種生活插曲，時而一起歡笑，時而一起落淚。

她也給我看了家人的照片，我也大致掌握了茜女士的筆跡。

如果茜女士能夠恢復原來健康的身體，不知道該有多好。我內心持續希望這種奇蹟發生，但現實問題是，我必須加快腳步。這也是不可否認的事實。

這週的週五下午，是我和茜女士最後一次在鎌高前的月台見面。颱風持續靠近，坐在月台的長椅上，不時有鹹鹹的海沫飛來。

海沫如小石子般堅硬，無情地打在額頭和臉頰上。茜女士把雨衣的帽子拉得很低，露出好像在和命運對峙的嚴厲眼神，注視著波濤洶湧的大海。

我們彷彿快被風吹走般地一起吃著我帶來的「花」家太卷壽司。

山不會輕易變化，但大海隨時就像怪獸的肚子一樣不安分，時時刻刻都在流動。大海和火焰一樣，百看不厭。

那一天，我們幾乎沒有交談，兩個人都靜靜地看著大海。

回到家之後，我準備了筆和信紙。回程搭江之電時，我已經漸漸有了寫這封信的概念。我把茜女士對女兒的感情完完整整帶回家，沒有減少一絲一毫，也沒有磨損，更沒有褪色，然後以信件的方式呈現。這是我肩負的使命，我就是爲此而活。

最終還是紙張會留下來。

在第二次還是第三次見面時，茜女士不經意說的這句話在我內心迴響。

隨著數位技術的進步，無論照片和影像都可以用電子檔的方式半永久性保存，但是，數位資料會在瞬間消失，如果缺乏重新找回檔案的環境，就永遠無法再出現。

紙張乍看之下很脆弱，但無論是畫、照片還是書信，只要保存得宜，古代的東西都能留存下來。只要沒有燒毀或是濕掉，可以保存很久。上代和靜子女士互通的信件，就是最好的例子。

我思考著到底該早上寫還是晚上寫，最後決定在晚上寫這封信。

上代曾經再三叮嚀，惡魔會躲在夜晚寫的信中，所以夜晚寫信要格外謹慎。但是我覺得茜女士這次委託我代筆寫的信，就像是夜晚的化身。有些信只能在夜晚寫。

我向蜜朗說明了情況，請他盡可能不要發出聲音，或是找我說話。兩個年幼的孩子早就進入了夢鄉，QP也已經回去自己的房間。

蜜朗把耳機塞進耳朵，正在電視前看體育新聞。他最喜歡的大聯盟選手擊出了全壘打，他靜靜做出了勝利的姿勢，沒有發出任何聲音。

我在上代和壽司子姨婆的佛壇前合起雙手，祈禱可以順利完成代筆工作。

小楓

這是媽媽第一次提筆寫信給妳。

小楓，首先恭喜妳結婚了。

媽媽真的很高興。

看到妳嫁人離家，如果說沒有感傷惆悵，當然是騙人的，但是，媽媽內心的喜悅勝過這分感傷惆悵好幾倍、好幾十倍。

媽媽認為，能夠遇見理想的人生伴侶是至上的幸福，而且妳的初戀情人就是妳的理想伴侶，一切都太美好了。

祝妳和阿大結婚之後，能夠建立一個理想的家庭。

雖然媽媽只能說出這種平淡無奇的話，但是媽媽真心支持你們。

媽媽會永遠守護著妳，所以妳可以放心向前邁進。最近，我經常想起妳出生那一天的事。

妳雖然不是早產兒，但出生時，是一個很嬌小的嬰兒。

雖然事先就預料到了，但是媽媽記得第一次看到妳的時候，因為妳實在太嬌小，我甚至不敢抱妳。

雖然妳出生時那麼小，但是妳努力生存，妳找到媽媽的乳房，啾啾地用力吸奶的時候，媽媽真的興奮不已、幸福無比，很慶幸自己成為妳的媽媽。這種想法至今仍然沒有改變。

妳小時候，別人經常誤把妳當成男生，因為妳的頭髮長得很慢，而且爸爸和媽媽都喜歡藍色，經常給妳穿藍色的衣服，妳穿藍色的衣服很好看，每次帶妳走在路上，經常有路人稱讚妳是小帥哥。當我們告訴對方，說妳是小女生時，所有人都瞪大了眼睛。

「楓」這個名字最初是爸爸的提議，媽媽也投了贊成票，最後就順利決定了。因為我們希望妳像大樹一樣腳踏實地，像風一樣輕盈地生活。我們把這樣的心願融入妳的名字。雖然要做到並不容易，但是爸爸和媽媽相信，妳一定能夠做到。

我們只生了妳一個孩子，妳成為家中的獨生女。

和妳共度的十九年，真的是轉眼之間就過去了。

有一次妳發燒，於是把牛肉貼在妳的額頭上，結果爸爸說用完丟掉太浪費了，於是煎成牛排吃；在妳讀小學的時候，我們每年夏天都會去露營。我覺得每天的生活都充滿了寶物，很難挑出其中一件最美好的事。

我們一直都是感情很好的母女，但是媽媽生病之後，我們大吵了好幾次。對不起，我那時候太固執了，無法了解妳的心情，請妳原諒這麼不成熟的媽媽。

小楓，媽媽拜託妳一件事，無論發生任何狀況，請妳務必要按照原定計畫舉辦婚禮，無論媽媽是不是陪在妳身邊，媽媽希望妳幸福這件事都不會改變。

雖然和其他母女相比，我們相處的時間可能比較短，但是，媽媽最近發現，人生的意義不在於活得多久。這不是嘴硬不認輸，媽媽真的認為人生的深度才更重要。

小楓，謝謝妳。

謝謝妳來當我的女兒，媽媽發自內心感謝妳。

媽媽知道妳很善良，在媽媽離開之後，妳可能會沮喪，覺得早知道應該多為媽媽做這樣、那樣的事。

但是，妳完全不需要有這種想法。

妳來當爸爸和媽媽的女兒這件事，就已經帶給媽媽足夠的恩惠了。

媽媽有了妳這個女兒之後，人生也變得不一樣了。

媽媽的想法和行為發生了變化，當然是朝向好的方向改變。

小楓，希望妳以後也盡情地活出自己的人生。

希望妳帶著笑容，好好享受自己的人生。人生比想像中更短，所以希望妳努力去做所有想做的事，樂在其中。

這就是媽媽最後送妳的話。

媽媽要再次向妳道賀。

恭喜妳結婚了。

妳一定要幸福。

母字

信上所寫的每一個字，都是茜女士說的話。

那些都是她看著大海，對我說的話。我代替茜女士傳達給她的女兒楓。代筆工作就是把原本在右邊的東西移到左邊，就是這麼單純的工作。

蜜朗不知道什麼時候回臥室了，客廳內空無一人。

隔天早上，我又重讀了信。信的內容應該沒問題，但總覺得哪裡不太對勁，心情有點煩悶，很不舒暢。我看了一次又一次，試圖尋找其中的原因。

也許是字體有問題。

我用吸塵器打掃完房間，爲文塚換了乾淨的水，合起雙手時，想到了這件事。

我覺得寫信時，自己寫得太流暢了。

雖然信上的字和茜女士的字跡如出一轍，如果只針對這點，這封信算是成功，但也許這並不是重點。

要不要換左手寫？

這個靈感完全拜來店裡打工的美大學生所賜。她在看向田邦子寫的《父親的道歉信》後記時，發出了「哇」的聲音。

「怎麼了？」

我正在旁邊整理庫存商品，忍不住問她。

「這本散文全都是她用左手寫的稿，因爲她生病後遺症的關係，她無法使用右手。」

工讀生一臉驚訝地說：

「我連做筆記都用手機，可見這位作家有多強烈的執念，或者說眞的非寫不可。」

她一臉不解的表情說著，闔起了文庫本。

就在這時，我的腦海中浮現了「我要用左手寫茜女士的信」這個靈感。

因爲茜女士不是說，雖然她試著寫了好幾次，但是因爲太痛了，沒辦法自己寫嗎？用右手寫，寫出來的字當然很漂亮易讀，一旦換成左手，字跡不可能像右手寫得那樣漂亮，也會更耗時間，但是左手寫的字，會讓字裡行間更充滿感情。

茜女士對女兒的感情就是如此深厚，既然這樣，也許値得用左手寫一遍。

我把店裡交給工讀生，下午又用左手寫了相同的內容。雖然有些地方抄錯了，但我沒有在意，繼續寫下去。

我感受著茜女士和女兒小楓共度的時光，不時停下筆，欣賞眼前的風景和風的味道，寫完了這封信。

小楓

這是媽媽第一次提筆寫信給妳。

小楓，首先恭喜妳結婚了。

媽媽真的很高興。

看到妳嫁人離家，如果說沒有感傷惆悵，當然是騙人的，但是，媽媽內心的喜悅勝過這分感傷惆悵好幾倍，好幾十倍。

媽媽認為，能夠遇見理想的人生伴侶是至上的幸福，而且妳的初戀情人就是妳的理想伴侶，一切都太美好了。

祝妳和阿大結婚之後，能夠建立一個理想

的家庭。

雖然媽媽只能說出這種平淡無奇的話，但是媽媽真心支持你們。

媽媽會永遠守護著妳，所以妳可以放心向前邁進。

最近，我經常想起妳出生那一天的事。

妳雖然不是早產兒，但出生時，是一個很嬌小的嬰女兒。

雖然事先就預料到了，但是媽媽記得第一次看到妳的時候，因為妳實在太嬌小，我甚至不敢抱妳。

雖然妳出生時那麼小，但是妳努力生存，妳找到媽媽的乳房，啾啾地用力吸奶的時候，媽媽真的興奮不已，幸福無比，很慶幸自己成為妳的媽媽。這種想法至今仍然沒有改變。

在妳小時候，別人經常誤把妳當成男生，因為妳的頭髮長得很慢，而且爸爸和媽媽都喜歡藍色，經常給妳穿藍色的衣服，而且妳穿藍色的衣服很好看，每次帶妳走在路上，經常有路人稱讚妳是小帥哥。當我們告訴對方，說妳是小女生時，所有人都瞪大了眼睛。

「楓」這個名字最初是爸爸的提議，媽媽也投
了贊成票，最後就順利決定了。因為我們希望
妳像大樹一樣腳踏實地，像風一樣輕盈地生活。
我們把這樣的心願融入妳的名字。雖然要做到
並不容易，但是爸爸和媽媽相信，妳一定能夠做到。
我們只生了妳一個孩子，妳成為家中的獨生女。
和妳共度的十九年，真的是轉眼之間就過去了。
有一次妳發燒，於是把牛肉貼在妳的額頭上，
結果爸爸說用完之後丟掉太浪費了，於是煎
成牛排吃了，在妳讀小學的時候，我們每年
夏天都會去露營。我覺得每天的生活都

充滿了寶物，很難挑出其中一件最美好的事。
我們一直都是感情很好的母女，但是媽媽生病之後，我們大吵了好幾次。對不起，我那時候太固執了，無法了解妳的心情，請妳原諒這麼不成熟的媽媽。
小楓，媽媽拜託妳一件事，無論發生任何狀況，請妳務必要按照原定計畫舉辦婚禮，無論媽媽是不是陪在妳身邊，媽媽希望妳幸福這件事都不會改變。
雖然和其他母女相比，我們相處的時間可

能比較短，但是，媽媽最近發現，人生的意義不在於活得多久。這不是嘴硬不認輸，媽媽真的認為人生的深度才更重要。

小楓，謝謝，謝謝妳。

謝謝妳來當我的女兒，媽媽發自內心感謝妳。

媽媽知道妳很善良，在媽媽離開之後，妳可能會沮喪，覺得早知道應該多為媽媽做這樣、那樣的事。

但是，妳完全不需要有這種想法。

妳來當爸爸和媽媽的女兒這件事，就

已經帶給媽媽足夠的恩惠了。
媽媽有了妳這個女兒之後，人生也變得不一樣了。
媽媽的想法和行為發生了變化，當然是朝向好的方向改變。
小楓，希望妳以後也盡情地活出自己的人生。
希望妳帶著笑容，好好享受自己的人生。
人生比想像中更短，所以希望妳努力去做所有想做的事，樂在其中。
這就是媽媽最後送妳的話。

媽媽要再次向妳道賀。

恭喜妳結婚了。

妳一定要幸福。

母字

我把兩封相同內容的信紙裝進不同的信封，左手寫的字比較大，所以信紙的頁數比較多。

我打算把兩封信都交給茜女士，由她決定哪一封比較好。

原本打算寫收信人的名字，最後還是決定先不寫。如果可以，我希望由茜女士親筆寫下女兒的名字。

幾天後，接到茜女士的聯絡，說今天的身體狀況稍微好了一些，於是我帶著兩封信，和寫信時用的筆，造訪了茜女士的家。茜女士的丈夫目前改成居家工作，他帶我去茜女士的房間。

茜女士躺在電動床上，身體狀況比上次見面的時候明顯差了很多。她發現我來看她，露出了淡淡的笑容，我覺得她似乎已經接受殘酷的命運。

「我把寫給妳女兒的信帶來了。」

我在茜女士耳邊小聲地說。

茜女士露出感謝的表情看著我。

「兩封信的內容完全相同，一封用右手寫，另一封用左手寫，可以請妳過目之後，挑選妳認爲哪一封比較理想嗎？」

茜女士聽我說完之後，緩緩點了幾次頭。

我攤開兩封信，交到她手上。

茜女士看著信。

她家的西式客廳完全符合她的氣質，大花瓶內插著白色百合，百合花散發出甜蜜的香氣。

「這一封。」

茜女士這天第一次開口說話。她手上拿著我用左手寫的信。

「茜女士，如果妳的身體狀況允許，可不可以請妳寫信封？我會協助妳。」

我在提議的同時，忍不住想，不知道茜女士會怎麼回答。

茜女士思考片刻，似乎在想這件事的意義，然後發出好像用盡全身力氣的聲音回答：「我來寫。」

在茜女士丈夫的協助下，升起了電動床，在右手下方墊了毛巾，調整了她的姿勢，盡可能減少身體的負擔。我協助茜女士的右手握住拿下筆蓋的筆。

但是，她的手指沒有力氣，筆立刻從手掌中滑下來。她的丈夫在一旁默默看著。

數次挑戰後，茜女士的大拇指和食指順利夾住了筆，我把信封拿到她手邊，協助她寫收信人的名字。

茜女士緩緩地、緩緩地寫字，彷彿至今爲止所有的人生，都凝聚在這幾個字上。

小楓親啟

寫完之後，等待片刻，等墨水乾了之後又翻過來，寫下「母緘」兩個字。

茜女士寫完這幾個字，就已經精疲力盡，把電動床放下來後，她立刻閉上眼睛，發出了均勻的鼻息。

我把右手寫的那封信和筆一起，再度放回了皮包。

茜女士之前在鎌高前車站的長椅上曾經告訴我，楓小姐不久前還很愛嚕嚕米，原本希望可以和茜女士一起去芬蘭，所以最後我貼上了從家裡帶來的嚕嚕米貼紙，封好了信封。

我把那封信正面朝上，輕輕放回茜女士沉睡的枕邊。

即使我使出渾身解數，也寫不出這麼蒼勁有力的字。

只有現在，只有現在的茜女士才能寫下的「小楓」這兩個字，凝聚了茜女士飽滿的生命力。

「我們改天再見，我很高興認識妳。」

我用只有茜女士能聽到的聲音小聲對她說完，起身離開了。

也許今天是最後一次和茜女士見面。雖然我這麼想，但仍然期待改天還有機會和她一起坐在鎌高前車站月台的長椅上一起看海。

半個月後，茜女士踏上了旅程。聽說她在家人的陪伴下，安詳地踏上了旅程。

在楓小姐的婚禮上，茜女士的丈夫代替她朗讀了那封信，然後順利交到他們女兒手上。

在我忙這些事之際，他來到了東京。因爲我告訴他，我沒有太多時間，他說他會來鎌倉，問我有沒有適合見面的地方，我立刻想到 BunBun 紅茶店。

BunBun 紅茶店是一家歷史悠久的紅茶專門店，從後車站走路大約七、八分鐘，在那裡不太會遇到熟人。

這是我結婚之後，第一次和丈夫以外的男人相約見面，而且對方是上代曾經的交往對象、那個有家室男人的親戚。

如果被人看到，我很難解釋。

所以，最好的方法，就是在不會被別人看到的地方偷偷見面。

於是，我急中生智，想到了 BunBun 紅茶店。

我跨越橫須賀線的鐵軌，經過市公所前，穿越了隧道。如果沒有特別的事，我不會來位在鎌倉車站西側這片名爲佐助的地區。

我覺得化上大濃妝，穿上特別要去哪裡的衣服和對方見面很奇怪，於是穿了稍微像樣的便服走出家門。因爲事關上代的隱私，我完全沒有向蜜朗提起這件事。所以和陌生男人見面這件事是祕密，不，是最高機密。

對方姓美村，名叫冬馬。美麗村莊的冬天駿馬，這個名字簡直就像是一張風景明信片。光是這件事，就讓我忍不住陶醉。

因爲我們還沒有交談過，只看過他寫的信，我不知道他的年紀，但是他寫的內容，給我留下好印象。冬馬先生的字很秀氣，有點像女人寫的字。

我走進紅茶店，坐在那裡發呆，冬馬先生走了進來。我一看到他，就知道他是冬馬先生。

「你好。」我向他打招呼，他也露出爽朗的笑容向我打招呼說：「妳好。」他的年紀看起來比我小兩、三歲，是好感度百分百的優秀青年。

先聊了天氣，然後翻開菜單，請冬馬先生點餐。

「鳩子小姐，妳要點什麼？」冬馬先生問我，我回答我要點熱紅茶和蛋糕套餐，蛋糕選雪花蛋糕，他說要和我點一樣的，便請店員來爲我們點餐。

其實我內心小鹿亂撞。因爲第一次見面的男人一開口就叫我的名字，而不是姓氏。我爲了掩飾內心的慌亂，仔細看了菜單，閱讀了各種不同紅茶的名字和說明文，只不過那些文字都沒有進入腦袋，在我眼睛掃過的瞬間就消失了，但總算讓自己平靜下來。

雪花蛋糕有兩種，我們各選了蘋果和莓果雪花蛋糕。這家紅茶店的布置讓人有一種彷彿置身英國鄉村的感覺，有很多年輕女生的身影，幾乎所有客人都點了照片很吸睛的雪花蛋糕。

「你很快就找到這裡了嗎？」

「對，因爲妳叫我從西口出來，所以完全沒有迷路就找到了。妳經常來這裡嗎？」

「不瞞你說，其實是第一次。」

明明不是相親，但面對冬馬先生時，我感到很害羞。

我記得是熱愛紅茶的芭芭拉夫人告訴我這家店。她跟我說：「鎌倉有一家店，可以喝到極好喝的紅茶。」

「那我們來談正事。」

短暫的沉默後，冬馬先生進入正題：

「是。」

「我的叔叔和妳的外祖母……」

「是，但我完全無法相信。」

「我想也是，因爲我也一樣，非常理解妳的心情，所以我帶了證據過來。」

冬馬先生從托特包拿出一個小盒子。

我之所以對眼前這一幕有似曾相識的感覺，是因爲之前來日本留學的紐羅，也突然來找我，拿出許多上代以前寫的信堆在我面前。

事實上，紐羅並不是把信堆在我面前，而是裝在一個漂亮的超市袋子裡，連同袋子一起交給我。那是上代寫給她住在義大利的筆友，也就是紐羅的母親靜子的信。

「妳看一下。」

我輕輕拿起盒蓋，立刻看到上代寫的字。即使不用把信封翻過來，確認寄信人的名字，也一眼就可以看出是上代寫的字。

每一封信的收件人都是「美村龍三先生」。

「我可以看信的內容嗎？」

雖然只是直覺，但我猜想這位美村龍三先生已經不在人世。因爲他已經離開，所以這些信件才會出現在我面前。

我緩緩攤開信紙，在我準備看信時，冬馬先生提醒我：

「信中的內容很刺激。」

看信時，紅茶和蛋糕送了上來。我整理了桌上的東西，騰出空間放兩個人的茶壺和蛋糕。

雪花蛋糕很像巨大岩石的蛋糕站在鮮奶油上，搖搖欲墜，視覺效果很震撼。

信的內容熱情洋溢，很赤裸裸，難以想像出自上代之手，我的腦袋好像被人用鐵鎚狠狠敲了一下。我一時說不出話，內心湧現的情感既不是憤怒，也不是悲傷，更不是喜悅。

從來不曾想像過的上代身影突然呈現在我面前，我完全束手無策，只能茫然地抬頭看向天花板。我再次被上代打敗了。

信中的上代是個活生生的女人。

「眞的很令人驚訝吧。」

冬馬先生先一步喝著紅茶，輕聲嘀咕著：

「我叔叔晚年是地方的議員，所有人都知道他是嚴謹耿直的人。」

「我外祖母也一樣。」

想起剛才看完上代那些信的內容，我忍不住臉紅，回答時盡可能避免回想起來。

「她對我超嚴格。」

沒想到她自己陷入了禁忌的戀愛。

我有一種遭到上代背叛的感覺。因爲我一直深信，上代是清正廉潔的人。

雖然稱不上藉此解悶消愁，但我帶著一絲憤怒，用叉子把眼前的雪花蛋糕搗得粉碎。據說像這樣搗得稀巴爛才是雪花蛋糕的正確吃法。

所以，可以名正言順地把蛋糕搗爛。坐在我對面的冬馬先生拿著叉子，動作斯文地攪動著。

我還沒有看完所有的情書，無法得知他們之間的關係有多親密，但是信上的文字充滿濃情蜜意，那些字眼至今仍然散發著熱氣。

「代表她也是女人。」

我回想起上代的面容，深有感慨地說。無論我怎麼努力在內心尋找話語，也只能這樣說。

也許是因爲我搗得很爛，雪花蛋糕變得有滋有味。卡士達醬、鮮奶油、糖霜和蘋果酸酸甜甜的味道，在嘴巴內狂喜亂舞。

我突然從盤子內稀巴爛的蛋糕中，看到了上代在美村先生臂彎內風騷放浪的身影。

「我認爲他們彼此相愛。」

冬馬先生用叉子舀起了搗碎的雪花蛋糕，這麼對我說。

走出紅茶店，我和冬馬先生一起走在沒什麼人的住宅區。

冬馬先生目前在伊豆大島從事陶藝工作。他在東京出生、長大，爲了尋找環境更理想的地方，三年前搬去了叔叔的空房子。

「我在空房子內整理行李時，發現了點心子女士寄給叔叔的信。因爲信封上寫著『最高機密』幾個字，不是更令人好奇嗎？我以爲是叔叔藏的私房錢，馬上打開來看，發現是情書，讓我大吃一驚。」

「不知道他們是怎麼認識的？」

我緩步走在街上問。

上代住在鎌倉，美村先生住在伊豆大島，他們應該無法經常見面。

「他們就是遇見了彼此。」

冬馬先生靜靜地回答。雖然沒有回答到我的問題，但這句話在我心中餘波盪漾。

「沿著這裡直走，順著告示牌的導引，就是錢洗辨財天神社。」

冬馬先生第一次來鎌倉，我希望可以帶他參觀名勝古蹟，但如果再不回家就會出問題。但是我並沒有走捷徑回家，而是稍微繞了一點遠路來到這裡，因爲我想走那條久違的隧道。

「如果我找到的話，會和你聯絡。」

冬馬先生認爲，上代的遺物中應該也有美村先生寄給她的書信。他希望我可以找到那些信件，然後一起悼念兩位當事人，這也是他今天特地來鎌倉的理由。

「改天見。」

我覺得揮手向他說「拜拜」似乎太親密了，於是這麼對他說。冬馬先生向我微微鞠躬兩、三次後，轉身離去。

掛在肩上的皮包突然變得很沉重。皮包裡裝了上代寫的好幾封情書。

我緩緩地、緩緩地走上坡道，好像上代也和我並肩而行。經過舫工藝店後，隧道漸漸出現在前方。

「我很喜歡這個隧道。」

雖然我和上代一起走過這個隧道才一、兩次，但可以清楚回想起她的聲音。

我也喜歡這條路。

樹木的綠意出現在狹窄的隧道出口。我走在隧道中，有一種在看萬花筒的感覺。上代也像萬花筒一樣不斷改變，把我玩弄於股掌之中。

「鳩子。」

耳邊突然響起上代的聲音：

「妳現在敢一個人走了。」

當年我還年幼，走在隧道中很害怕，於是用力握緊上代的手。我想起了這件事。

「是啊，現在即使一個人，我也敢走這裡了。」

但是，如果是晚上，我可能還是不敢走這條路。

「趕快回家，不要在外面亂逛。」

上代用一如往常的嚴厲口吻對我說。

「好啦。」

我拉長尾音回答，走出了隧道。

不知不覺中，太陽下山，天色變暗的時間提前了。入夜之後，鎌倉就像是變成了另一個人，好像在催促乖孩子要趕快回家。我加快腳步，天黑之後，如果還沒回家，就會感到不安。即使長大後，這種情況仍然沒有改變。

雖然我很想直接問上代，她和美村先生之間的關係，但是我刻意不提。我相信上代對外孫女看到她年輕時寫的情書，應該會很害羞。

上代剛才說話的聲音聽起來有點疏遠，八成是爲了掩飾害羞。反正回到家之後，上代無論在哪個世界大力抗拒、大聲罵我，我都會認眞仔細看情書上的每一個字。

聽到橫須賀線平交道發出噹、噹、噹噹的聲音，心情就放鬆下來。回到熟悉地方的安心感，讓身心完全鬆懈了。

同樣是鎌倉，我對佐助不太熟悉，所以可能在不知不覺中，產生了緊張的感覺，而且今天還從第一次見面的冬馬先生手上接過了上代的情書。這個世界上，只有我和冬馬先生兩個人知道這個祕密。

走過鐵軌，在二之鳥居前過了馬路，去停車場拿了停在那裡的腳踏車。今天晚餐吃雙餅定食。我之前在肉店買的肉餅和可樂餅保存在冷凍庫，將高麗菜切成細絲是蜜朗的拿手絕活，他切好的高麗菜絲已經在冰箱內準備上場，我回家只要炸一下肉餅和可樂餅，就可以吃飯了。

我每天的生活變得更忙了。

我必須抽空找美村龍三先生寄來的信、應付我家的戀奶星人、整天被QP瞪視、仍然要每天晾洗乾淨的衣服、把收下來的衣服折好，放到固定的地方、調整來山茶花文具店打工的工讀生排班表、如果有人委託，還要立刻完成代筆工作。

除此以外，還要陪小梅一起玩洋娃娃、縫補蜜朗破洞的襪子，有十隻手也不夠用。

而且，歐巴桑最近又回來了。

歐巴桑是經常在這附近打轉的流浪貓，當初是蜜朗爲牠取了這個名字。但無論怎麼看，都會看到牠的兩條後腿之間有兩顆壯觀的蛋蛋，一眼就可以看出是公貓。雖然已經結紮，但我們家的人還是很親熱地叫牠「歐巴桑」。

所以，我最近還得爲歐巴桑準備貓糧，牠最近有點胖，所以每天都要爲牠準備低熱量的減肥餐。

我忙得焦頭爛額之際，接到了大案子。

我說的「大案子」，是以我的感覺，酬勞高得嚇人的意思。

「老闆娘在嗎？」那個客人一開口，正在顧店的工讀生立刻飛奔到我面前。我正在外面洗小梅和蓮太朗的球鞋。

「有、有、有一個可怕的人，問老闆娘在不在。」

工讀生驚慌失措地說。

「可怕的人？老闆娘是我嗎？」

「呃呃，嗯，我想是這個意思。」

我的腦海中閃過了親生母親女神巴巴。

她之前有一陣子在鎌倉一帶流浪，最近不知道是否又結交了新的男人，跑去和男人同居了，一直沒有她的消息。如果是和女神巴巴有關的人找上門，就要馬上趕人。我氣勢洶洶地走去店裡，工讀生就像金魚屎一樣緊跟在我後面。

「歡迎光臨。」

我用一如往常的聲音打招呼，看到對方的瞬間，立刻愣在那裡。因爲站在店裡的客人，無論怎麼看都像充滿知性的黑道大哥。

戴著雷朋漆黑墨鏡的知性黑道大哥看著我說：

「老闆娘，我有事想要請妳幫忙。」

他說了一口流利的關西話。

我第一次和眞正的黑道大哥面對面，忍不住有點緊張。

「這是伴手禮。」

知性黑道大哥從方巾中拿出禮盒，我立刻確認他左右手是否有五根手指[1]，但是他的動作太快了，我沒看清楚。

我記得神奈川縣也實施了暴力團排除條例掃黑，我是否該馬上報警？但是眼前這個知性黑道大哥並沒有做什麼，只是準備把伴手禮給我。既然還沒有任何犯罪事件發生，警察也不會採取行動，目前只能暫時冷靜觀察。

「請坐，請你在這裡等一下。」

我深呼吸後對他說，然後接過伴手禮，走去後方。

知性黑道大哥說想請我幫忙，所以想必是要委託我代筆。無論是什麼樣的客人上門，都要請客人喝茶。這是山茶花文具店的規矩，我相信上代遇到同樣的狀況，也會請客人喝茶。

問題是要請知性黑道大哥喝什麼茶？

我最近又開始喝京番茶，的確覺得很好喝。但就像在外國吃壽司，都覺得不太好吃一樣，也許關西人不想在關東喝京番茶。

既然這樣，那就準備有關東味的茶飲。只不過鎌倉有鴿子餅乾和核桃糕等具代表性的糕點，但如果要問有什麼可以代表鎌倉的茶飲，我一下子想不起來。必須趕快倒茶給客人。我內心越著急，腦袋就一片空白。

這時我突然想到，也許可以用焙莖茶重炒一次之後泡茶。以前壽司子姨婆曾經向我傳授這個祕技，放久的焙茶重炒之後，可以增加香氣，味道會更好。

我不經意地走回店內，觀察知性黑道大哥，發現他正好奇地打量著店裡的文具。

「可能要請你稍微等一下，可以嗎？」

我戰戰兢兢地問。

1 日本黑道犯錯時，會用切斷一截手指的方式謝罪。

「反正我有大把時間。」

他用流利的關西話回答。

我動作俐落地把茶葉放進炒茶鍋內，開了瓦斯，同時燒了開水。在茶葉發出香噴噴的茶香時關了火，把剛炒好的焙茶放進茶壺。加了熱水後，把茶壺和茶杯一起放在托盤上端回店內。工讀生從剛才就無所事事地在我身邊打轉。

雖然剛才窮緊張了半天，聊天之後才發現，他只是普通的關西大叔，個性很爽朗，而且他還告訴我，男爵是他的大哥。我想起男爵之前曾經提過，有這樣一個人會搬來鎌倉，還請我多關照。

因爲他西裝筆挺，再加上戴著雷朋的墨鏡，所以我就認定他是知性的黑道大哥。他自己可能也知道，笑著對我說：

「大叔我雖然一臉凶相，但其實一點都不可怕。」

幸虧我沒有報警。

他和男爵是表兄弟，我說和我的名字一樣[1]，他瞪大了眼睛，然後捧腹大笑，我不禁納悶，這句話有這麼好笑嗎？

雖然他叫我老闆娘讓我感到很不自在，但萬一他又笑得停不下來，就沒辦法談正事，所以我便不提這件事。

知性黑道大哥似乎對剛炒好的焙茶很滿意。

「關東的茶眞好喝啊。」

知性黑道大哥挺直身體，認眞喝茶的樣子很帥氣。

「這是什麼茶？」

「焙茶。」

我說話時，竟然也帶了關西腔，說話方式變得有點奇怪。

「焙茶嗎？我第一次喝。」

「關西很少喝焙茶嗎？」

我說話的聲調，好像關東腔和關西腔在打架，連自己都覺得奇怪。

「應該很少喝吧，我也搞不太清楚。在關西說喝茶，不是抹茶就是綠茶，還有生菓子。」

「不好意思。」

我原本想找配茶的茶點，沒想到家裡的小鳩豆樂剛好吃完了。

「沒關係，沒關係，因爲我喜歡甜食。」

說完，他從看起來很高級的皮包中，拿出一口大小的羊羹。

1 日文中，表兄弟、堂兄弟的發音「はとこ」和鳩子的發音「はとこ」相同。

知性黑道大哥俐落地拆開外側的包裝，把羊羹掰成兩半，放在原本的包裝紙上。

「老闆娘，我們一人吃一半。」

「謝謝。」

眼前的發展太意外，我鞠躬道謝。

我把羊羹放進嘴裡，外側是乾的，口感酥脆，裡面有滿滿的紅豆餡。

「眞好吃。」

我忍不住笑了起來。

「這是乾羊羹，很適合搭配妳泡的焙茶。」

知性黑道大哥從皮包中拿出手帕，擦了擦手指。富有光澤、質地很軟，像絲綢般質感的手帕，色彩很鮮豔，而且熨燙得很平整。

「晚上的時候，把這種羊羹切成薄片，淋上檸檬汁，就是絕讚的下酒菜。」

知性黑道大哥的臉上也露出了笑容。

「你喜歡喝酒嗎？」我問。

「會喝點小酒。」

知性黑道大哥靦腆地說。起初以爲他是可怕世界的人，所以很緊張，現在發現完全想錯了，覺得有點好笑。

我和知性黑道大哥和樂融融地喝著茶，漸漸覺得他此行的目的就是來找我閒聊，但是知性黑道大哥畢竟是狠角色，清楚知道自己該做什麼事。

「老闆娘，其實我有一事相求。」

知性黑道大哥正襟危坐，繼續說了下去：

「有一個我很照顧的小弟，他最近遇到了傷腦筋的事。我從我大哥那裡聽說了妳，所以今天登門拜訪，不知道妳是否願意出手相助。」

之後，他又滔滔不絕地說明了情況，總而言之，就是以下狀況。

知性黑道大哥的小弟向幾個親戚借了錢，從國外進口優質的寵物食品在日本銷售。寵物食品本身的品質眞的無話可說，使用了有機認證的蔬菜、肉和魚類加工製作，是人類也可以食用的高檔食品。

目前日本很流行養寵物，飼養的貓、狗數量超過了十五歲以下的兒童總數。飼主願意花在寵物身上的錢和以前無法相比，越來越多人把寵物視爲孩子般寵愛。這個小弟看準了市場對高品質寵物食品的需求，開始進口和銷售，只不過生意遲遲無法步上軌道。

知性黑道大哥認爲問題不在於寵物食品本身，而是銷售方式，只要在宣傳上多下一點工夫，就可以增加客戶。只不過小弟沒有大做廣告的資金，於是就想到可以在寄商品的同時，附上手寫的信。

「老闆娘，妳願意助我小弟一臂之力嗎？」

知性黑道大哥突然站起來鞠躬拜託，我嚇了一跳。

「如果妳願意幫忙，到時候會付這些報酬。」

知性黑道大哥重新在椅子上坐下，拿出計算機，出示在我面前。

個、十、百、千，我數著數字右側的零。不不不，不可能有這種事。於是我又伸出手指，從左側開始數清楚。

我差一點流鼻血。因爲金額和我平時的代筆工作相差太多了。我的心臟劇烈跳動。即使少一個零，對我來說也是一大筆錢。

「可以讓我考慮一下嗎？」

如此重大的任務，我當然沒辦法馬上回答。

「當然沒問題，老闆娘，請妳考慮一下。那我一個星期後再來打擾。」

知性黑道大哥說完，拿出一本皮革封面的厚實記事本，不知道在上面寫了什麼。

「信眞的很棒，會讓人的心情變得溫柔。我偶爾也會寫信，收到信的時候，比收到任何昂貴的禮物更令人高興。」

不知道知性黑道大哥的字是什麼樣子。我想像了一下，卻完全沒有頭緒，但我可以大致想像他喜歡哪種類型的文具。我覺得他修長的手很適合使用德國百利金的鋼筆。

「感恩，謝謝妳的款待，期待妳可以寫出促銷的文字，拜託了。」

知性黑道大哥用開朗的聲音說完，離開了山茶花文具店。

我立刻打開他送的伴手禮。拆開精心包裝的草綠色包裝紙，裡面是麩餅。我和工讀生一人吃了一個試味道，沒想到好吃得不得了。

麩餅甜甜的，有點像薄片仙貝，口感很清爽，多吃也不會膩。吃完後的空盒可以用來裝文具。

轉眼之間就過了一個星期。這段期間內，我一直猶豫不決，不知道該接受委託，還是婉拒。

至今為止，除了屈指可數的幾次例外，我基本上接受了所有上門委託的代筆工作。首先，我知道自己沒資格拒絕，而且，當有人因為無法寫信而煩惱，就要伸出援手，這也是上代一貫的態度。

但是，這次的委託和之前略微不同也是事實。

至今為止，都是個人委託我代筆寫信，但是，這次是企業，而且並不是純粹的代筆工作。

這份工作只是剛好找到我，可能有其他人更適合。不，一定有。

但是，遠遠超出行情的報酬很誘人。

人必須吃飯，也就是填飽肚子才能生存，但是，食物並非免費，人生在世，沒錢萬萬不可。

而且，我家有三個正值發育期的孩子，整天唱高調無法過日子。

明年，QP就要上高中了，她打算就讀公立高中，目前正在著手準備，但是也不能完全排除讀私立高中的可能性。更何況如果因爲噪音問題，引起鄰居更嚴重的抗議，也許有一天必須搬離這裡。

生存不易，一文錢逼死英雄漢，更何況也無法預料蜜朗餐廳的未來……

上代以前曾經說過。

代筆人就像是街上的糕餅店。想要帶糕餅去作客時，會自己做糕餅的人就會親自動手製作，然後帶給親朋好友。但是，不會做糕餅的人就會去買自己覺得好吃的糕餅送給客人。

書信也一樣。有些人能用文字表達自己的想法，也有些人缺乏這種能力。代筆人就是爲了後者而存在。

我以前的作業方式，就像手工製作每一款糕點，但是，如果我接下這次的工作，就變成用機器大量生產。或許可以做出外形相似的糕點，然而，我覺得投入其中的想法，或者說心意，或是靈魂絕對不一樣。

一旦用機器大量生產，其中的精華就會變得稀薄。

但是，我重啓代筆工作的通知信，不也是用印表機印的嗎？而且書籍也是將作家手寫的稿子打字後，送進印刷廠大量印刷。在目前的時代，作家可能都是用電腦寫作。

「到底該怎麼辦呢？」

我又對著歐巴桑說了不知道已經說多少次的話。

歐巴桑從剛才就專心吃著濕食罐頭。前幾天，我不在的時候，知性黑道大哥送了幾罐過來，希望我試用看看，還說只要稍微調味，人類吃也會覺得很好吃。

歐巴桑吃得津津有味，但是吃了這種罐頭之後，對於我之前餵食的、硬硬的低熱量貓食便不屑一顧。減肥又要從頭開始。

促銷的文字嗎？

知性黑道大哥說的話就像迴力鏢一樣，在腦海中跳舞。

正當我舉棋不定，不知道該不該接知性黑道大哥的案子，又有委託代筆的工作上門。看來秋天除了是美食和閱讀的季節，也是書信的季節。

那個男人說正在為自己寫不出離職信傷腦筋。離職信這種東西，只要上網查一下，就可以找到很多範例。

我想起了多年前的武田。武田是學藝未精的編輯，他來到山茶花文具店，委託我代筆寫一封向某位評論家邀稿的信。

我毫不留情地拒絕了他的委託。

當時太年輕氣盛，用很難說是客氣的粗暴態度加以拒絕，我也為此反省，但是對拒絕委託這件事並沒有任何後悔。我記得之後武田還曾經親筆寫信給我。

我認為任何人都應該自己寫離職信，這才是正道。

但是，因為對方是經由可爾必思夫人的老公介紹，拒絕也很麻煩。既然開門做生意，人際關係就很重要。與其提心吊膽，冒著冷汗拒絕，不如接受委託，之後反而比較輕鬆。

雖說是離職時寫的信，但根據遞交的時間點和狀況，分為離職申請和離職信等不同的種類。

辭呈是私人企業中，董事長和部長等有頭銜的人，和公務員離職時寫的信。

這次的委託者是上班族，要提前從工作了二十五年的公司退休。雖然當事人死也不願意說出這句話，但其實就是遭到裁員。

也就是說，他要離職這件事已經決定了，所以要遞的不是辭呈，而是離職信。

必須特別注意的是離職理由，雖然通常會寫「因為個人生涯規畫」，但如果是非自願離職，就要稍微具體而明確地提及並非自願離職，否則之後可能無法申請到勞保的補助金和離職金。

因為攸關委託人神田川先生的未來，所以這封離職信既不能寫得太公事化，也不能投入太多感情。我小心拿捏分寸，帶著和他一起握筆的感覺，完成了這封離職信。

我使用了上代愛用的戰鬥鋼筆，刻意沒有使用藍黑色墨水，而是用了漆黑的墨水。以直式的方式寫信，如果墨水未乾就繼續寫，手上沾到的墨水容易把信紙弄髒，所以我寫的時候必須格外小心謹慎，簡直如履薄冰。

一步又一步，我花了很長時間邁向終點。

這絕對不是有難度的工作，是很簡單的代筆工作，正確來說，只能算是代寫而已。我無法否認，內心有想要趕快結束這項工作的想法。

在等待字跡全乾時，我端了飲料給神田川先生。剛好有人送我濾掛式咖啡，所以我難得泡了咖啡。我和神田川先生面對面坐著喝咖啡。

「眞的太感謝妳了。」

隔著熱氣，可以看到神田川先生淡淡的笑容。

「不客氣。」

舉手之勞。我把這四個字和黑咖啡一起吞了下去。

「我自己絕對不想寫這封信。」

我猜想神田川先生雖然很不甘願，但還是承受壓力，不得不離職。從他說的這句話，可以感受到他心有不甘。

「我自認爲工作很努力，只是一直無法受到公司方面的肯定。但在最後妳幫我寫下這封帥氣的辭職信，心情很暢快。」

辭職信

本人因公司業績低迷縮編部門之故，
決定於令和四年十二月三十一日辭職。

令和四年十月一日

第二營業部
神田川武彥 謹啟

株式會社 光和
代表取締役社長 佐藤博社長 台啟

你離職之後，要如何生活？有沒有找到下一份工作？面對當事人，我實在無法問這些問題。

但是，只是爲他寫一封辭職信，就讓他如此感激，讓我有點不知所措。我似乎隱約了解神田川先生爲什麼無論如何都不想寫這封信的原因。

墨水乾了之後，首先將信紙在下方三分之一的位置折起，接著在上方三分之一的位置折起，折成三折，遞給神田川先生。

神田川先生目不轉睛地盯著信封正面寫的「辭職信」三個字，然後猛然抬起頭，注視著我的眼睛說：

「謝謝妳。」

他對著年紀比他小很多歲的我深深鞠了躬。

我在內心聲援神田川先生。

希望這封辭職信，可以成爲他人生新的出發點。

我事後才發現，雖然原本覺得那是一次很無趣的代筆工作，沒想到對神田川先生來說，具有重大的意義。所以很多事要實際經歷才能了解，如果一開始就拒絕，便沒有機會了解了。

距離上次剛好一個星期，而且在和上次相同的時間，知性黑道大哥再次走進山茶花文具店，我對他說：

「我願意接受請託。」

雖然內心忍不住偷笑，覺得好像在接受對方的求婚，但臉上保持了嚴肅的表情。

「老闆娘，感恩啊。」

知性黑道大哥帶著內心所有的感謝，用充滿感情的聲音回答。

無論是男爵還是知性黑道大哥，越是這種走江湖的人，也許骨子裡越溫柔。其實「走江湖」並不是指混黑道的意思，而是代表「攤販、江湖藝人」的行話，代表離家、流浪的意思。

「希望可以呈現這樣的感覺。」

知性黑道大哥又成功地扭轉了局面，從皮包裡拿出一份參考樣本。

「不需要完全一模一樣，相反地，我想如果能夠結合妳的行文方式和巧思，應該會更出色。」

我看了文章的內容後說：

「了解了，但我需要幾天的時間。」

「沒問題，沒問題。」

知性黑道大哥眉開眼笑：

「既然順利成交，那我們就來喝茶慶祝一下。老闆娘，不好意思，可以再麻煩妳泡上次的焙茶嗎？我今天帶來了很棒的茶點。」

知性黑道大哥一臉難掩興奮的表情說，又從方巾中拿出糕餅盒。

「這是我喜歡的水果大福，若宮大路上剛好有一家店。我買了八個，剩下的請妳和其他人一起享用。有各種不同的口味，老闆娘，請挑選妳最喜歡的。」

打開盒蓋，發現除了招牌的草莓口味以外，還有柿子、桃子、哈蜜瓜和無花果等各種不同口味的水果大福。我猶豫了一下，最後挑選了橘子。

「老闆娘，妳果然有眼光，挑選了最貴的。」

「不好意思。」我有點誠惶誠恐。

「我是在稱讚妳。」

知性黑道大哥補充說，他挑選了無花果大福：

「我京都的老家有一棵很大的無花果樹。」

我在後方準備焙茶時，知性黑道大哥對我說：

「我媽每年秋天，都會炸成天婦羅給我們吃。」

我端了茶組回去後，知性黑道大哥準備好大福等著我。

「要像這樣用線切成兩半。」

知性黑道大哥輕輕一拉左右手拿著的線，大福立刻分成兩半，可以看到無花果的剖面。

「好可愛。」

我發出感嘆的聲音。

「老闆娘，妳也試試。」

他把線交給我，我把線繞在橘子大福的腰部，用力拉緊。

「眞好玩。」

我在表達感想時，心想著要讓幾個孩子也試試用這種方式切開。我想起還沒有爲他上次送我的麩餅道謝，慌忙補充說：

「上次你送我的那款薄薄的點心太好吃了。」

知性黑道大哥一臉理所當然地說：

「只要妳喜歡，就是我莫大的幸福。」

雖然我不知道他從事什麼樣的工作、爲什麼要住在鎌倉，但很確定他不是壞人。

知性黑道大哥把大福完美的剖面朝上放在懷紙上，喝著焙茶。

「太幸福了。」我說。

雖然我原本覺得單獨吃橘子比較好吃，但現在爲曾經有過這種念頭的自己感到羞愧。橘子周圍有一層薄薄的白豆沙，外面是一層更柔軟的麻糬。

前一刻還在眼前的橘子大福已經進了我的肚子，只剩下懷紙孤伶伶地留在那裡。

「老闆娘，妳要不要試吃半顆無花果口味？我隨時可以再去買。」

知性黑道大哥竟然洞悉了我剛才就在打的主意。在生孩子之前，無論再怎麼想吃，我都會咬牙克制，但現在已經是三個孩子的媽了，於是笑笑說：

「感恩。」

我也在不知不覺中模仿知性黑道大哥，想要說關西話。

「嗯，差不多六十八分，還有關東腔。」

知性黑道大哥笑著說，俐落地把半個無花果大福移到我的懷紙上。無花果大福有不同的美妙滋味。

工讀生今天剛好感冒，由我自己顧店。能夠在這裡喝茶享受水果大福，簡直是幸運的午後。

「那件事就拜託了。」

知性黑道大哥在店門口恭敬地鞠了躬。

過於理智，則易起衝突；感情用事，則難以自控；固執己見，則作繭自縛。人世難居，難得片刻安寧。

我記得這段話出自夏目漱石之筆，好像是《草枕》一開始的部分。

所以他的意思是，人生最好避免正面衝突，左閃右躲，隨波逐流比較好嗎？回到鎌倉近十年，我也已經建立了自己的處世之道嗎？為了生存，必須有所妥協，有得必有失。

送走知性黑道大哥，我突然想重溫《草枕》。上代的書架上，應該有舊的文庫本。

挑戰多次之後，終於完成了自認爲還不錯的內容。我使用了常見的水性原子筆，僞裝成每一封信都是親筆所寫，然後印在信紙上。

最後，我突然想到一個妙計。小女兒小梅很會畫動物插畫，於是我請她畫了貓和狗的插畫，變成信紙上的圖案。

但是，這麼簡單的工作，眞的可以收取這麼高額的報酬嗎？我很怕自己遭到報應，隱約感到心虛，或是說是罪惡感。不，我確實有罪惡感。

但是，我稍微向蜜朗透露情況後，他告訴我，這就是這個世界的機制。

蜜朗以前有一陣子在廣告代理店當上班族，即使工作內容相同，一旦變成廣告，酬勞就瞬間翻好幾倍。我聽了之後，稍微安心了。

我通知知性黑道大哥代筆信已經完成，他立刻上門。這次和平時的代筆工作有一種不同的緊張。

我膽顫心驚地把紙交給知性黑道大哥。

知性黑道大哥一動也不動，正襟危坐，打量著我寫的內容。我忍不住感到不解，他到底要看幾次才罷休。

由衷感謝您在眾多寵物食品中，選購了我們的商品。
不知道您是否聽過「醫食同源」的概念？
「醫食同源」的概念，就是治療疾病的藥物和食物根源相同。在日常生活中，攝取營養均衡的飲食，就可以預防和治療疾病。
我們的寵物食品，就是根據醫食同源的概念，使用了最高品質的食材，精心製作的毛小孩食品。

希望各位家中的汪汪和喵喵，每天在感受吃飯的樂趣和生命喜悅的同時，幸福地享受牠們的貓生和狗生。我們帶著這樣的心願，將這些優質商品送到各位的手上。

希望各位都能夠和家裡的毛小孩度過美好的時光。
如果對於我們的寵物食品有任何問題和意見，歡迎隨時和我們聯絡。
衷心期待各位能夠在我們的網站留下寶貴的評論與意見！

我走去後方，把焙茶的茶葉放進炒茶鍋乾炒。知性黑道大哥說好他會帶茶點過來。

「太出色了。」

我端著放了茶壺和茶杯的托盤走回店內，把焙茶放在知性黑道大哥面前時，他才終於抬起頭。不知道是不是心理作用，我發現他的眼眶有點濕潤。

「上面的字都笑嘻嘻的。」

「你是說，我寫的字在笑嗎？」

「當然是正面的意思。」

知性黑道大哥似乎對成果很滿意，我鬆了一口氣。知性黑道大哥說話真幽默，竟然說字會笑。

雖然我準備好現炒的焙茶，但是知性黑道大哥有急事，必須馬上趕去下一個行程。他今天帶來的伴手禮是泡芙，聽說是由比濱大街新開的一家格蘭迪爾什麼的西點店買的。

「那我改天再來叨擾。」

知性黑道大哥說了聲「感恩」，就像一陣風般離去。

我喝著茶壺內剩下的滿滿的茶，思考著要如何使用這次的高額報酬。

即使把一半存起來，以備日後的不時之需，我希望可以大手筆地把剩下的另一半用在家人的玩樂上。

話說回來，今年秋天的代筆工作一個接一個上門，眞的有點接到手軟的感覺。難道是因爲之前育兒停擺了幾年的關係，所以都擠在一起了嗎？我寫了一封又一封的信，但持續仍有新的委託人上門。

晚秋時分，一位有點年紀的女人，一身好像去附近買菜的打扮走進店內，劈頭對我聊起了她的身世。

「我以前有很多朋友，但是，長相和名字漸漸對不起來，甚至話說到一半，不知道對方到底是誰。我很擔心這樣對人家太失禮，所以就很怕和人見面……

「在這種情況下，我想不到可以充分信任、託付身心的人。這種時候，還是只能依靠家人，問題是我舉目無親，就只能靠自己。」

這是很難得一見的委託，已經有失智症的委託人要寫信給自己。委託人的年紀不到六十歲，單身，沒有孩子，父母都已經離開人世，也沒有兄弟姊妹。

這是我第一次見到早發性失智症的人，但是和她閒聊時，並不覺得有什麼嚴重的問題，但是她說現在已經寫不出字，也有越來越多家事已經力不從心。

因爲她經常出錯，而且記憶力也衰退，不久之前剛辭職。她說有時候甚至想不起自己的名字，翻開隨時帶在身上的筆記本，出示在我面前。

筆記本上寫著：「我叫小森蔦子」。

「但是也許有朝一日，我也會無法理解這句話的意思，覺得就像陌生的外文。我希望即使發生最惡劣的情況，至少也要會寫自己的名字，所以目前每天都會練習一百次。」

也許是因爲這個原因，蔦子女士的右手中指長了繭。

「雖然自己說有點那個，但我以前工作很能幹，是大企業的主管，事業做得有聲有色。我的人生宗旨就是好好工作好好玩，只要一有時間，就會出國旅行。

「我結交了很多外國朋友。因爲我喜歡交朋友，所以也很熱心地持續學習英文、法文、西班牙文和俄文。但是，有一次，我很信任的下屬對我說，我同一個問題會問好幾次。我自己也時常感到不對勁，所以就去了醫院，結果醫生診斷是阿茲海默症。多虧那位下屬，我才能早期發現。目前靠服用藥物抑制症狀，只是很難預料之後的情況……

「說白了，這種疾病就是記憶會不斷消失。所以我想趁現在安排定期寄信給自己的方法，即使信的內容完全相同也沒關係。我可以用這種方式提醒自己是什麼樣的人，走過怎樣的人生。」

小森蔦子女士淡淡地說。

「咦?這種飲料叫什麼名字?」

過了一會兒，小森女士抬頭問道：

「我記得以前曾經喝過，只是想不起名字。」

「這是可爾必思。」我告訴她：「因爲今天的天氣有點涼，所以我稍微加了點熱開水。」

「喔，原來是可爾必思。可爾必思，可爾必思，我要記住。我四十多歲時，曾經和拉脫維亞的男人交往過。他很愛喝這種飲料，我每次從日本去拉脫維亞，都會帶這種飲料給他。」

小森女士探頭看著裝了可爾必思的杯子，好像杯底通往拉脫維亞這個國家。

她和我到底有什麼不一樣？我這幾年也經常想不起昨天晚餐吃了什麼，甚至曾經把蜜朗當成是兒子，對著他叫「小蓮」。

雖然隨著年紀增長，記性會越來越差，但是一旦罹患了失智症，記憶變差的速度就會不自然地加速。

「我曾經忍不住想像，也許明天醒來之後，就會忘記昨天的一切，甚至不知道自己是誰，然後就不安得睡不著了。」

即使這樣，小森女士仍然積極採取因應對策，我說她是勇於挑戰人生的勇士。

「才不是這樣。」

小森女士笑著否認：「至今爲止，我充分享受了單身的人生，累積了滿滿的能量，所以，怎麼說呢，我要自己負起責任，解決問題。而且，我必須感謝我的父母，因爲我的個性很樂觀正向，無論在工作上遇到再大的困難，我都覺得有辦法解決。雖然這是毫無根據的自信。

「但是，最後眞的都順利解決了。我的身心已經建立了這樣的模式，變成一種自然反射。當然，在這個年紀就得了阿茲海默症，我從來沒有這麼沮喪過。但是，在這件事上，我根本無能爲力。我當然會吃藥，盡最大的努力延緩病情的惡化。

「我只能聽天由命，這也是事實。這種時候，我都告訴自己，這是上天對我的考驗。上天在測試我有多大的能耐，這是我的人生考試。我相信，如果通過了這場考試，一定會有好事發生，上天一定會給我獎勵。」

即使面對眼前殘酷的狀況，小森女士仍然面帶笑容。她實在太堅強了。

「我了解了，妳委託我寫信給妳自己。請問要多久寄一次信？」

「我想一想，」小森女士微微歪著頭：「一個月一封似乎相隔太久了，但一個星期又好像太快。那就半個月一次，比方說，可以在滿月和新月的時候寄給我，妳覺得如何？我很喜歡賞月。」

「好主意，眞是太棒了。」

我對她說。滿月和新月的夜晚，我會寄信給小森女士，回顧她的人生。

也許月亮會協助延長小森女士的記憶。

我把小森女士筆記本上的地址抄寫在自己的筆記本上。

「呃，請問這種飲料叫什麼名字？」

小森女士喝著杯中剩下的飲料問我。

「這是可爾必思，因爲今天有點冷，所以我加了熱開水，熱熱地喝。」

我又重複了相同的說明。

「小森女士，妳之前曾經和拉脫維亞人交往。」

我繼續說道，小森女士笑著說：

「妳怎麼知道？他很喜歡可爾必思。」

小森女士笑得更開心了，她的笑容很燦爛。

幾天後，突然很想看美麗的紅葉。

於是星期天上午決定去賞楓，開始著手準備。問了QP，沒想到她竟然說要和我們一起去，我慌忙做便當。雖說是便當，其實只是飯糰搭配黃蘿蔔而已。

我們一家五口很久沒有一起出門了，之前不是有人缺席，就是二對三分頭行動。蜜朗最近經常和QP一起單獨出門，我覺得自己遭到排斥，所以有點不甘心，但看到他們父女感情好，心情也跟著好起來。

兩個小的最近完全不需要我的陪伴，經常自己玩。雖然小孩子需要照顧時，整天埋怨忙不過來，但是孩子並非永遠都是小嬰兒，他們會成長，遲早會離開父母。

涼涼的空氣很舒服。

中途進入山路，欣賞著沿途的紅葉。陽光從染成黃色和紅色的樹葉之間灑落，照在我們全家人身上。我們已經有幾年沒去獅子舞了？

我記得和蜜朗結婚之前，曾經和QP三個人一起去過。不，不對。結婚那一年的年底，我們三個人好像也一起去過？

回家路上，QP對著天空大叫「氣球叔叔」的聲音，活靈活現地留在我的記憶中。

我也不知道自己二十年後會變成什麼樣，也許會像小森女士一樣，罹患早發性失智症，甚至不知道自己是不是還活著。沒有人知道未來的事。

腦海中突然浮現茜女士的側臉。

曾經和我一起在鎌高前站的月台上一起看海的茜女士，靈魂不知道現在在哪裡，看著什麼樣的風景。

我把信裝進了信封，爲了讓小森女士方便打開，用紙膠帶封了口。打算去獅子舞回家的路上，丟進紅色郵筒。

很快就是滿月的日子。這是以前的小森女士寄給未來的小森女士的信。

小森蔦子女士

妳好，最近身體還好嗎？

妳的名字叫小森蔦子。

妳的父母已經不在人世，妳是獨生女，也沒有結婚。

但是，妳不必擔心。

妳的父母給了妳一顆開朗堅強的心。

妳一直都是勇敢奮戰的戰士，而且很積極正向。

妳在世界各地有很多朋友，

妳絕對不孤單。

妳喜歡的花是薰衣草。

妳喜歡的顏色是綠色。

妳的生日是九月十五日。
妳喜歡的食物是餅乾。
妳喜歡「友愛」這兩個字。
妳喜歡的水果是麝香葡萄。
妳喜歡的動物是羊駝。
妳喜歡的作曲家是巴哈。
妳喜歡的樂器是大鍵琴。
妳年輕的時候很優秀，工作能力很強。
妳喜歡工作，也喜歡玩，發自內心享受自己的人生。
妳得了健忘的病。
請妳記得吃藥，不要忘記了。

今天決定去永福寺跡提早吃午餐。

幾個孩子叫著「這裡、這裡」，我跟著他們走了過去，發現沿著寫了健行步道的山路階梯往上走一小段路，有一片開闊的空間，那裡有幾張長椅。

我以前完全不知道有這種地方。

我們一家分成大人組和小孩組，坐在長椅上。三個孩子很快就坐不住了，一邊跑來跑去，一邊吃著飯糰，QP也和兩個弟弟、妹妹玩在一起。

即使只是普通的飯糰，爲什麼在外面吃，就覺得特別好吃？我和蜜朗輪流喝著裝在水壺裡的薏仁茶，茫然地看著天空。

目前已是冬天的藍色天空，今年也很快就要結束了。

「蜜朗，你覺得人生最理想的死法是什麼？」

雖然我覺得有點唐突，但還是想問蜜朗。遇見茜女士和小森女士之後，我覺得生老病死並非與我無關，最近經常意識到人生終點的問題。

「我想想。」

因爲我們平時從來沒有聊過這個話題，蜜朗有點不知所措。但是我認爲夫妻討論這種問題很重要。

「我希望可以比妳先死。」

蜜朗說。他以前就說過這種話。

當初我們去蜜朗位在高知的老家，向他父母報告結婚一事，回家車上，蜜朗說了這句話。事後回想起來，那就是我們的蜜月。

我假裝忘記這件事，裝糊塗說：

「你不覺得自己一個人先死太自私了嗎？男人都想得很美，覺得自己會比太太先死，太太會處理所有麻煩的事。」

我又嘟著嘴繼續說：

「我也希望你為我送終啊。」

每個人內心都希望能在所愛的人守護下走完一生。

「我覺得最理想的死法，就是在睡覺的時候做著開心的夢，然後就這樣一覺不醒。」

蜜朗說。

我回答：

「對當事人來說，的確很幸福，但是如果有一天，你突然死了，周圍的人一定會很錯愕，或者說很後悔。」

蜜朗的前妻美雪也是某一天突然登出了人生，不，她是被強制登出。所以無論對我還是蜜朗來說，這個話題都很沉重，但我就是特別想和蜜朗討論這件事。

「如果想要好好道別，那只有得癌症了。」

蜜朗說了令人意外的話。

「是啊，如果得了癌症，知道自己還能活多久，就可以做相應的準備。」

其實我也覺得罹癌是理想的死法。

「因爲如果突然死了，就來不及處理一些害羞的信或是不想被別人看到的照片之類的東西了。」

我說。

「鴿子，妳有這種東西？」

蜜朗不是叫我「痲痲」，而是叫我「鴿子」，讓我感到很新鮮。

「蜜朗，你沒有嗎？」

「嗯，我不希望突然死掉，然後留下破內褲。比方說，發生車禍死亡，結果當時穿了一條破內褲就很丟臉。」

「那的確太丟臉了。」

「對吧？」

這時，蓮太朗叫著「媽媽，妳看！」迎面跑了過來。我猜想他又要給我看蟲子之類的東西，沒想到他拿了一枝日本紫珠跑到我面前。

「是不是很漂亮？」

樹枝上有很多小顆的紫色果實，簡直就像是有人精心製作的珠寶。不一會兒，QP

和小梅也一起過來會合。

「這是我送媽媽的禮物。」

蓮太朗把日本紫珠送給我。

「還有這個。」

小梅把已經變成乾燥花的繡球花交給我。

「謝謝，我會放在店裡裝飾。」

我接了過來，小梅害羞地笑了起來，抬頭看著ＱＰ。蓮太朗迅雷不及掩耳地在我胸前摸了一把。

「走開！」

蜜朗大聲喝斥，好像在趕流浪貓。

蓮太朗這種時候的動作特別快，眞的完全不能鬆懈。我無法像蜜朗那樣嚴厲喝斥他，總是會想太多，覺得如果罵他，可能會造成他的心靈創傷。

「如果人生的最後一句話是『謝謝』，就太幸福了。」

我想起剛才討論的話題，繼續說下去。三個孩子又不知道跑去哪裡玩了。

「如果我失智，需要用尿布之類的，鴿子，妳也會不離不棄嗎？妳會照顧我嗎？」

蜜朗一臉嚴肅地問。

「我們不是爲了這個目的才成爲夫妻嗎？而且搞不好我比你先失智，到時候，你可別想逃走。」

也許這並不是很久以後的事。時間稍縱即逝，也許我和蜜朗很快就會變成老奶奶和老爺爺，兩個人都失智，根本不認識彼此。

「QP她……」

我覺得如果不是這種時候就無法提這件事，所以說了另一件重要的事。我用指尖轉動著蓮太朗和小梅剛才送我的小花束說：

「她是不是討厭我了？」

剛說完這句話，眼淚就撲簌簌地流了下來，連我自己都嚇了一跳。

這句話似乎會讓這種情況成爲定局，所以我一直避免自己這麼想，但是，我一直、一直都很在意，我感受著那種好像還在讀小學的小女生，擔心自己被好朋友討厭時的痛苦。

「妳不必擔心。」

蜜朗輕輕摟著我的肩膀。

三個孩子都不在身旁，所以我順勢把頭靠在蜜朗的肩膀上看著天空。

天空仍然是完美的冬日藍天。

天空中飄著薄雲，宛如畫家在藍色畫布上一口氣完成了抽象畫。有那麼一瞬間，我覺得那部分看起來像天使。我還想繼續享受眼前的一切，於是閉上了眼睛，聽著蜜朗的心跳聲。

噗通、噗通、噗通。

噗通、噗通、噗通。

這是證明蜜朗活著的聲音。

我偷偷和蜜朗接了吻。

不久之前的颱風，讓丹桂又開花了。

不知道哪裡飄來一股清香。

山茶花

這一陣子，我的酒量增加了。之前懷孕、分娩時，我幾乎過著滴酒不沾的生活，但從去年聖誕節前開始，我每天都會在睡前喝酒。

起初是因爲在髮廊隨手翻閱的旅行雜誌上，看到關於熱紅酒的報導，德國在每年聖誕節時期，都有將紅酒加熱飲用的習慣。雜誌上還分享了食譜，於是我就用家裡現成的食材試了一下，簡直太好喝了，完全是我喜歡的口味。

那次之後，只要蜜朗的餐廳有剩下的紅酒，就請他帶回家，然後把肉桂、丁香和八角等辛香料和蜂蜜放在小鍋子中加熱，煮成熱紅酒。如果家裡有柳丁和蘋果，也可以切片一起加進去。

從上代手上繼承的這棟老房子一直修修補補，維持到現在，每到冬天，就冷得快結冰，喝了熱紅酒後，身體就會暖起來。這種暖和的感覺讓我欲罷不能。

喝了酒之後通體舒暢，感覺輕飄飄的。上床睡覺之前的短暫片刻，忘記所有的煩惱，沉浸在屬於自己的世界中。

想睡的時候，就不等蜜朗回家，毫不猶豫地躺進被子，呼呼大睡。如此一來，便能順利維持早睡早起的循環。

兩個比較小的孩子已經學會照顧自己，我終於再次擁有面對自我的時間。這是最令我高興的事，我想起以前一個人住在這棟房子，輕鬆愉快地和鄰居芭芭拉夫人相處的那段時光。

因爲家有考生，所以新年無法出門去任何地方，只能在鎌倉的深山裡，像冬眠一樣安靜過日子。QP似乎打算報考縣內首屈一指的升學高中，目前正在房間內用功讀書。之所以說是「似乎」，是因爲她完全不和我討論升學的事。在這件事上，蜜朗成爲我和QP之間的窗口。

蜜朗的媽媽每年都會從高知寄大量年菜來我們家，我只要用水芥菜和烏一的半野生鴨絞肉一起做成丸子，煮一鍋雨宮家代代相傳的獨特鹹粥就好。

自從小梅出生之後，就無法再親筆寫賀年卡，私人的賀年卡也因爲和朋友之間的默契逐年減少，現在都用電子郵件相互拜年。

山茶花文具店像往年一樣，在年末和年初休息一星期，我終於可以好好休息一下。我趁機大喝最愛的熱紅酒，喝得爛醉如泥。

我在新年假期最後一天的晚上九點多，終於找到了找很久的東西。

夏目漱石的《草枕》，成爲這一切的起點。我連續看了好幾本日本古典文學作品，在上代的書架上尋找下一本想看的書，隨手翻著某本文庫本時，那樣東西就像壓花書籤一樣，從書頁之間掉了出來，飄落在地上。

一張明信片掉在地上。

明信片的正面是山茶花的照片，兩朵分別是紅色和白色的山茶花躺在地上，好像相互依偎著，無數沾滿黃色花粉的雄蕊伸向天空的方向，但彩色印刷的色彩已經褪了色，幾乎變成褐色。

我蹲在地上，撿起明信片，翻到背面的瞬間，幾乎無法呼吸。粗獷的陌生字跡竟然寫了一個熟悉的名字。

「雨宮點心子小姐收」。

明信片上的照片似乎是伊豆大島的山茶花，寄信人是美村龍三先生，的的確確是從伊豆大島寄來的。但是，寄信人並沒有留下具體的地址，只寫了「寄自大島」這幾個字。

「找到了。」

我愣在原地，勉強擠出這幾個字。這棟房子內，的的確確有冬馬先生苦苦尋覓的、美村先生寄給上代的信。

我手上的文庫本封面印著《睡美人》，作者就是川端康成。一張熟悉的臉就像氣球般浮現在我腦海。

不知道深愛康成哥的富士額女士最近好不好，改天寫一張明信片寄給她。

我想起這件事，看著美村先生寫的內容。

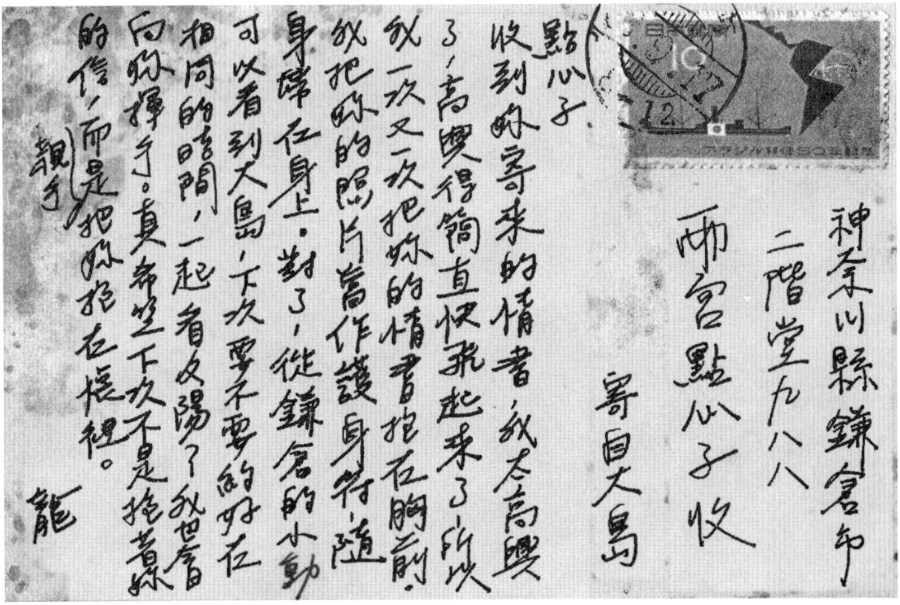
神奈川縣鎌倉市
二階堂九八八
西宮點心子收
寄自大島

點心子
收到妳寄來的情書，我太高興
了，高興得簡直快飛起來了，所以
我一次又一次把妳的情書抱在胸前。
我把妳的照片當作護身符，隨
身帶在身上。對了，從鎌倉的小動
可以看到大島，下次要不要約好在
相同的時間，一起看夕陽？我也會
向妳揮手。真希望下次不是抱著妳
的信，而是把妳抱在懷裡。
親手
龍

我好久沒有看到小動這個地名了。大小的小，動作的動。我知道江之電的腰越車站附近，向海面突出的小動岬上有一個小動神社，但我還沒有去過那裡，而且無法把上代和小動連在一起。

根據我的推測，上代和美村先生交往的時間在半個世紀之前，是她才二十多歲的時候，在她生下我的母親（女神巴巴）之前。美村先生的年紀雖然比上代大幾歲，但他們應該是同一個年代的人。美村先生已經結了婚，而且也有孩子。

如果不喝點酒，我無法面對家人複雜的豔情，我在牛奶鍋中加入比平時更多的紅酒，點了火，然後隨便加了一些辛香料。因爲剩下的蜂蜜不多，於是加了橘子醬，用湯匙不停地攪拌。

上代收到這張明信片時，應該比現在的我更年輕。雖然了解這一點，但還是無法想像上代曾經比我年輕。

至今爲止，我從來沒有想過我的外祖父，眞的一次都沒有想過有這號人物的存在。對我來說，上代就是我的一切，連女神巴巴的存在都可有可無。我一直認爲，我和上代之間的連結非常牢固。

但是，如果沒有男人和女人，就不可能生下孩子，所以無論女神巴巴還是上代，都有和她們一起生孩子的男人，我此刻才會在這裡。這個事實讓我驚訝得雙腿發軟。

我右手拿著美村先生的明信片，左手拿著裝了滿滿熱紅酒的馬克杯，移動到暖桌前。蜜朗說，今晚要在店裡準備食材，所以會晚回家。

冬日的夜晚很漫長。

我把冬馬先生特地送來鎌倉，裝了上代寫的情書盒子放在暖桌上。輕輕打開蓋子，拿出那疊信。總共有五封，其中四封貼了二十圓的郵票。

美村先生寄來的明信片上貼了紀念移民巴西五十年的十圓紀念郵票，郵票快要脫落了，我伸手把它壓平。

美村先生的字具有獨特的個性，既說不上漂亮，也不能說很醜。從字跡完全無法想像他長什麼樣子。雖然我平時只要看字，大致可以想像寫字的人是高是矮，是胖還是瘦，腦海中浮現大致的輪廓，但這次完全抓不到對美村先生的感覺。

無論在任何情況下，看別人寫給另一個人的私信都會心虛，更何況是上代的情書。

雖然很希望這輩子都不要知道這件事，但既然已經知道了，就沒有退路。我帶著一種違反本人意願、好像強制脫下對方衣服的罪惡感，把信紙從信封中拿出來。

然後，下定決心看了起來。

三哥

別來是否無恙？你在上封信中提到感冒有點發燒，已經康復了嗎？我每天都會想到你好幾次，不，老實說，我整天都在想你。

其實我很想噗通一聲跳進海裡，一路游到你所在的大島去見你，我痛恨這裡和大島之間的距離。

真希望可以把手伸得很長很長，摸一摸你的臉。

上次吃橘子的時候，忍不住想起你嘴唇的觸感，頓時難以克制內心的悸動。如果每天每天的早、中、晚，都可以照三餐親吻你的嘴唇，不知道會有多幸福。即使我知道不該有這樣的奢望，但仍然無法不想像，無法不貪戀你的身體。

希望你下次繼續在夢裡擁我入懷。

因為每次在你懷裡，我就是最幸福的女人。只有在你面前時，我可以完全不計形象，再怎麼失態都無所謂。

真的太不可思議了，我完全不會感到害羞。

因為比起害臊，我更希望能夠依偎著你，想要更靠近你。只要能夠和你共享親密時光，我就心滿意足了。

每次夢見和你親密依偎，我就心花怒

放，一整天都感到幸福。
希望夢境可以成真。
希望今天晚上又可以見到你。
點心子

上代在情書中太純眞、太耀眼，我無法直視她的光芒。

美村先生也許是上代的第一個男人，上代因爲宛若被雷打到般的偶然和必然，愛上了美村先生嗎？愛得無法自拔嗎？

難道上代只有愛上美村先生這條筆直的路，別無選擇嗎？

我突然想到一件事，把剛才從書中發現、美村先生寄來的明信片供在佛壇上，點了蠟燭，又點了線香。鈴聲在安靜房間內迴盪，我合起雙手，閉上了眼睛。

「被我發現了。」

我對著佛壇說。

「妳發現了嗎？」

上代就像是做了壞事後被發現的小孩，吐了吐舌頭。

「聽說是一場轟轟烈烈的戀愛。」

我開玩笑說。

「我談了一場轟轟烈烈的戀愛，眞的很不像我。雖然是在妳出生很久以前的事，我也曾經年輕過。」

我和上代難得聊得這麼投機。

「一輩子能夠遇到這樣一個讓人愛得奮不顧身的對象，眞的太美好了。妳遇見龍三先生，眞是太好了。」

我自以爲很了解狀況地說。

「不是細水長流，就是絢麗卻短暫，愛情不就只有這兩種嗎？」

上代說的話意味深長。

「難道沒有愛得豐富又持久的選項嗎？」

「這種事，要親身經歷才知道。先不說這個，妳要找出其他的信件，然後處理掉。」

「爲什麼？」

「因爲已經不需要了。事到如今，曝光這些信件只會讓我害羞。」

「妳在情書上明明寫著，完全不覺得害羞。」

「那句話的意思是在他面前不會害羞。」

「好啦，我了解。」

「那就拜託了。」

「妳要告訴我還有幾封，還有藏在哪裡啊。」

「都那麼久以前的事了，我也早就忘記了。」

「妳現在仍然喜歡龍三先生嗎？仍然愛他嗎？」

我問了最後的問題。

「是啊，因爲他很出色，我忍不住愛上了他。」

上代若無其事地說完，就消失得無影無蹤。

我似乎在不知不覺中睡著了。當我抬起頭時，發現線香仍然飄著裊裊輕煙。

我雙手拿起剛才供在佛壇前、美村先生寫的明信片，然後輕輕放在上代寫給他的情書上，把盒蓋重新蓋好。我相信他們兩個人此時此刻也在盒子內親密無間。

親密無間這四個字並非只指身體，文字和文字也能彼此接觸，相互嬉戲，親密無間。在至今爲止三十多年的生命中，我完全不知道還有這樣的世界。

我把他們兩個人親密無間的盒子放回祕密抽屜的深處。

一月六日，太陽快下山了，我起身準備結束營業時，男爵飄然現身。

「這個給妳，每年的慣例。」

他像平時一樣一臉嚴肅，把手上的袋子遞到我面前。

「謝謝你每年都想到我。」

我向他道謝，雙手接過袋子。即使不需要確認袋子裡的東西也知道，裡面裝了春天的七草。

「新年快樂，今年也請多指教。」

總覺得每次拜年的順序都顛倒了，但還是向男爵拜了晚年。

男爵乍看之下，和我上次見到他時沒有太大的變化，但實際情況究竟如何，就不得而知了。雖然我很關心他之後和胖蒂的關係是否有變化，只不過既然當事人沒有提起，我也就不問。

男爵似乎還要送七草給其他人，快步離開了山茶花文具店。

我把好像前一刻爲止還毫無疑問地在泥土中自由生長的七草，放進裝了水的料理碗中。七草已經用水洗乾淨了，可能是胖蒂洗的。

隔天早上，我把七草放進粥之前，進行了七草爪儀式。

先把手指浸在料理碗內的七草水中，然後剪指甲。

去年原本也想這麼做，結果沒時間，前年也因爲太忙，根本無暇進行這種儀式。

我想著這些事，把指甲剪短。

據說進行這種儀式，接下來一整年都不會感冒。雖然上代每年都會做，但搞不好她和現在的我一樣，雖然內心覺得哪有可能這麼神奇，但表面上還是一本正經地進行儀式。

我把兩個小的叫到面前，一臉得意地向他們說明剛才上網查到的知識：

「這是水芹菜，這是薺菜。鼠麴草、繁縷、寶蓋草、鈴菜，還有蘿蔔葉。」

我指著每一種草，煞有介事地向他們說明，連我自己都覺得很好笑。我也是剛剛才知道鈴菜就是蕪菁，蘿蔔葉就是白蘿蔔的葉子。

「等一下我要把這些菜切碎後加進粥裡，煮成七草粥。在加進粥之前，你們把指尖放在七草水裡泡一下，指甲泡軟之後再剪指甲，接下來一整年都不會感冒，健健康康。」

我盡可能用兩個小學一年級生也能理解的話說明，但是他們聽了之後，幾乎異口同聲地說：

「怎麼可能！」

小梅和蓮太朗都捧腹大笑起來。

「但是，以前的人都相信，媽媽也覺得可能眞的有效。」

雖然我搞不懂哪裡好笑，但還是堅持這種說法。

或許沒有直接的因果關係，但可能有安慰劑的作用。不，一定可以發揮作用。只要相信有效，用心預防，感冒也不敢靠近。

我一邊煮粥，一邊在爲兩個年幼的孩子剪指甲時，QP出現了。她可能沒睡好，整個人像殭屍一樣，一臉比平時更加不悅的表情。

「早安。」

我明知道她可能不會理我，但還是向她打招呼，果然沒有回答。沒想到當我問她：「要不要吃七草粥？」時，她微微點了點頭。

「也要剪指甲。」竟然還嘟著嘴開口說話了：「因爲我不想感冒。」

雖然她的態度仍然很冷淡，但說的話令人莞爾。

因爲她是考生，不想感冒，所以主動提出也要進行七草爪的儀式。她終於對我有一絲反應，讓我竊喜不已，差一點當場做出勝利的姿勢，但還是努力克制，盡可能裝冷酷說：

「好啊，我把指甲剪放這裡。」

從她小時候開始，每年都會進行七草爪儀式，沒想到竟然在這種時候開花結果。過去的我救了今天的我，我很想大肆稱讚那時候的自己，也要好好感謝上代。

「滾了。」

QP用低沉的聲音說道，下巴指向正在煮粥的瓦斯爐。

「啊呀啊呀。」

我急忙關了小火，然後稍微打開蓋子，用小火慢慢煮粥。

白米帶著一絲甜味的香氣，在冬天的廚房內歡呼，我有預感，今天會是美好的一天。

粥煮好後熄了火，把切碎的七草放進鍋內，鍋子內搶先一步迎接了春天。

「請問有人在嗎？」

這位女士在某個寒冷的午後走進店裡。成爲山茶花文具店店樹的山茶花，也零零星星地開了幾朵紅色的花，但可能實在太冷了，連山茶花都優雅地噘著小嘴。

即使在家裡也覺得冷，我戴上只露出手指的手套，用電腦處理事務工作。兩名工讀生都回家探親，其中一個還回國了，所以到一月中旬之前，我都必須自己顧店。據說有強大的寒流正在靠近，幾天後的天氣預報還出現了下雪的標誌。

那個女人看起來極度緊張。不用問就知道，一定是上門委託代筆。

「請坐。」

我請她坐在平時請客人坐的圓椅上，走去後方準備飲料。昨天爲幾個孩子準備了甘酒當點心，還剩下一些。我加熱之後，裝在歐蕾咖啡杯走回店裡。

那個女人大約五十出頭，一看就知道是鎌倉人，而且是山派。

「請問妳住在哪裡？」

我把甘酒端到她面前時問。

「我住在扇之谷。」

她的回答果然不出我的意料。我就知道。我在內心得意地咂嘴。

即使是鎌倉人，也有很多人不知道扇之谷的正確發音是「Ou-gi-ga-ya-tsu」，其實我自己也是最近才知道。

我和上門委託代筆的客人閒聊了幾句。她告訴我附近新開了一家貝果店，只有上午營業，我也和她分享了附近內行人才知道的店家資訊。

本地人口耳相傳的資訊，比雜誌上刊登的內容更即時、正確。

她叫賈科梅蒂[1]。這當然是綽號，我決定這麼叫她。也許是因爲這個原因，我對她有一種似曾相識的感覺。她瘦瘦高高的身影，的確很像賈科梅蒂的作品。

閒話家常告一段落後，賈科梅蒂女士靜靜地開口：

「今天登門拜訪，是想和妳討論我父親的事。」

賈科梅蒂女士前一刻還面帶笑容，轉眼之間，臉上的表情就變成和今天天空相同的色調。

「你們住在一起嗎？」我問。

「我們家在扇之谷建造了一棟兩代共居宅。我媽一年前跌倒骨折後，就搬去養老院了。我父親今年八十四歲。」

賈科梅蒂女士回答時有點不知所措：

「我父親至今仍然自己開車，扇之谷交通很不方便，離鎌倉和北鎌倉都很遠，我能夠理解父親感到不便，所以覺得應該還沒問題。結果不知不覺中，父親的年紀就越來越大了。

「父親的開車技術很好，他自己也這麼認爲，對開車很有自信。但是，考慮到他的年紀，萬一發生意外，後果不堪設想。所以身爲家人，很希望他能繳回駕照。每次我們勸他繳回駕照時，他就會暴跳如雷，完全不聽家人的意見，破口大罵說，難道我們打算砍斷他的手腳嗎？說什麼那還不如死了算了。上次還像小孩子一樣放聲大哭，說這是抹殺他的靈魂。

「我發現左鄰右舍看到父親開車，也都會提心吊膽。如果只是他自己受傷，那也是無可奈何的事，但是如果造成他人受傷，甚至想像他可能會奪走別人的性命，我晚上都會睡不著。」

賈科梅蒂女士一口氣說道。

我想起不久之前，有一位高齡者駕駛的車子衝進幼稚園小朋友的隊伍中，造成了好幾名幼童失去性命。據說那位高齡者想踩煞車，卻誤踩了油門。

「扇之谷那裡也沒有公車。」我說。

二階堂雖然離電車車站有一段距離，但還有公車。扇之谷的路很窄，而且有很多坡道，除了橫須賀線以外，沒有其他大眾交通工具。

「我告訴他，如果他願意繳回駕照，我們夫妻願意負擔他的計程車費，也會全面協助他日常的採買。之前我一度打算去考駕照，想代替父親開車，但最後還是提不起勁。

「我和我老公都沒有駕照，從來不開車。我們都在家裡工作，目前身體都很健康，即使沒有車子，騎腳踏車就可以解決日常的交通問題。但是對我父親來說，出門開車是

1 瑞士的雕塑大師。

頭等大事，或者說，車子已經成爲他身體的一部分……

「他似乎對失去行動自由有極大的恐懼，有一次，我老公偷偷把他的車鑰匙藏起來，我父親當時氣得發瘋的樣子，甚至讓我感到有生命危險。不知道是不是因爲年紀大了，他越來越無法控制自己的情緒。因爲曾經發生這種事，所以我老公目前在這件事上，表現出盡可能不干涉的態度。我因爲是父親的女兒，說話也經常口不擇言，即使一開始想要冷靜溝通，但每次到最後，都變成激烈爭吵。這一年來，我爲了這件事已經身心俱疲，所以我認爲已經無法靠自己人解決這個問題了。」

我們在聊天時，氣溫越來越低，背脊冷得發抖，我把暖爐的火力開到最大。冬日的天空灰暗陰沉，好像隨時都會飄雪。

最後，賈科梅蒂女士眼眶濕潤，小聲嘀咕說：

「我父親七十出頭時，我們也經常坐他的車子，像是臨時有事，必須馬上去北鎌倉的時候，或是我們養的貓生病，必須半夜送急診的時候。我們每次拜託父親，他也從來不會皺一下眉頭，馬上開車載我們。每次想起這些事，就覺得自己對父親做的事似乎很殘酷，感到很痛苦。

「在我小時候，每年夏天，父親都會開車帶我去母親的老家，我小時候很喜歡搭父親的車子出去玩。但是，不能讓他繼續開車了，這件事眞的很傷腦筋。」

「是啊，眞的很傷腦筋。」我回答說。

如果家中有高齡駕駛人，這眞的是切身的問題，也是很大的煩惱。

因爲是家人，所以說話直截了當，言詞上也不太修飾。雖然眼前的賈科梅蒂女士讓人有點難以想像衝突畫面，但想必至今爲止曾經歷過不少次激烈的衝突，就像我和上代之間一樣。

「有沒有能夠讓妳父親乖乖聽話的對象呢？」

如果眞的有這樣的人，賈科梅蒂女士就不至於這麼煩惱，我猜想應該沒有，但還是忍不住問了，沒想到從賈科梅蒂女士口中聽到意外的回答。

「我想我父親願意聽我母親的話，因爲他至今仍然很愛我母親。

「至於我母親，雖然這麼說有點那個，但她對我父親已經沒感情了，當然她也可能是用這種嬌蠻的態度對我父親欲擒故縱。只不過父親是老頑固，他有自己的想法，也很有自信，所以也不見得輕易聽母親的勸說。這又是我父親讓人傷腦筋的地方。」

「不好意思，我想請教一個額外的問題，請問妳父親以前做什麼工作？」

「他之前是醫生，現在當然已經退休了，但是不久之前，他還在爲病人看診。正因爲這樣，所以他更不願意傾聽別人的意見……」

賈科梅蒂女士重重地嘆了一口氣。

我大致掌握了賈科梅蒂爸爸的輪廓，的確是不好對付的麻煩人物。

「我父母的結婚紀念日快到了，父親已經爲母親準備了禮物，八成會事先不通知母親，偷偷去母親那裡，給她意外的驚喜，好好慶祝一番。

「但是，天氣預報說那天會下雪……所以，我絕對不希望父親開車，更希望他能趕快繳回駕照。如果他在下雪的日子開車上路，因爲輪胎打滑發生車禍，就會毀了他辛苦一輩子的人生……」

「妳的母親對妳父親開車的態度是？」

「她也很反對，我母親說，現在用手機就可以視訊，不需要特地開車去見她，日常的採買也可以利用宅配，如果非要搭車不可，只要叫計程車就好，根本不需要自己開車，叫我父親趕快把車子賣掉。」

「妳母親的想法很開明。」我說。

「對啊，她做事向來很乾脆。」

賈科梅蒂女士臉上的表情終於有了陽光：

「我母親說，如果父親還是不聽勸，即使離婚也沒關係。反正原本就差不多要永別了，活著的時候分開和死的時候分開沒有太大的分別。當初她會去住安養院，也是因爲父親整天都想要照顧她，她覺得煩死了。我父親自認爲很關心別人，但其實剛好相反，周圍的人都要看他臉色，只是他自己沒有發現。」

因爲我家沒有父親這個角色，所以我只能靠想像，也許世界上有很多這樣的「爸爸」。

「我相信父親對母親的愛是真心，但那只是對他有利的愛。他要求母親這樣做、那樣做，這樣不行，整天管東管西，母親不想被他管，所以主動要求去住安養院。

「母親在安養院還結交了比她年輕的男朋友，日子過得很開心。雖然我死也不會告訴父親這件事。」

「啊喲！」

聽了賈科梅蒂女士的說明，我很想見見賈科梅蒂的媽媽。

「我手上有母親以前寫的離婚登記申請書。」

賈科梅蒂女士從夾在事務L型夾的信封中，拿出一張印有綠色線的薄紙：

「可不可以請妳代替我母親寫一封最後通牒的信？到時候連同這張一起交給父親。其實應該由我母親來寫，但是我向她提議之後，她拒絕我了，說自己年紀大，眼睛也看不清楚，不想做這麼麻煩的事。」

「那她願意和妳一起說服父親嗎？」

「她願意，我也徵求了她的同意。」

既然這樣，或許可以用離婚這件事，逼迫她父親繳回駕照。

問題在於萬一賈科梅蒂爸爸勃然大怒，把怒氣針對賈科梅蒂媽媽。我說出了擔憂，賈科梅蒂女士露出老神在在的表情說：

「我原本也有點擔心這件事，但是母親把父親的脾氣摸得很透，她很有自信。雖然父親自以為掌握了母親，但其實他逃不出母親的手掌心。我母親比父親略勝一籌，她是演員，所以妳不必擔心這個問題。我們只要為母親做好前置作業，之後她會搞定一切。」

「妳母親太厲害了。」

賈科梅蒂女士聽了我的感想，露出好像冬天朝陽般清澈的笑容點了點頭：

「我很希望母親能夠長命百歲，一直陪在我們身邊。」

我很羨慕賈科梅蒂女士能夠坦誠地說出對母親的愛。

「好，我會努力盡快完成。」

我對賈科梅蒂說，同時發自內心希望能助這個家庭一臂之力。

這次的任務是要寫一封能夠說服賈科梅蒂爸爸主動繳回駕照的信。我寫得出來嗎？但是，既然自稱是代筆人，如果無法完成任務，就是自砸招牌。

雖然我以前從來沒有提出過這樣的要求，但最後還是提出一個附加條件：

「如果這封最後通牒的信順利達到了目的……」

正在收拾東西的賈科梅蒂女士停下手，抬頭看著我。

「是否可以請妳安排我和妳母親見面？我知道提出這樣的要求是假公濟私。」

賈科梅蒂女士露出好像太陽突然升起般燦爛的表情，興奮地對我說：

「當然沒問題，一言為定。如果有年輕人去看她，她也會很高興。因為我和我老公無法生孩子，所以母親看到年紀像她孫子的人，都會主動聊天，和年輕人當朋友。」

我突然有了一個大目標。因爲很想見到賈科梅蒂媽媽，所以代筆工作更加充滿了幹勁。

「我完成之後，就馬上通知妳。」

我對賈科梅蒂女士說。雖然時間還早，但戶外已經籠罩在一片好像一天即將結束的昏暗中。

「史上罕見的超大寒流眞的要來了。」

賈科梅蒂女士縮著脖子，走了出去。

「回家路上請多小心。」

一接觸到戶外的空氣，立刻冷得我全身發抖。

我關上山茶花文具店的玻璃門，立刻開始工作。剛才和賈科梅蒂女士聊天時，我已經對這封信有了朦朧的概念。

我趁朦朧的想法消失之前，拿出鳩居堂獨特的直式信紙，用自來水毛筆寫了起來。

我參考賈科梅蒂媽媽在離婚登記申請書上寫的字，用意志堅強的文字寫了這封信。

我確認了離婚登記申請書上的名字後，寫下賈科梅蒂媽媽的本名。

等自來水毛筆字完全乾透後，我把信和離婚登記申請書一起裝進了信封。

離婚登記申請書的證人欄內，已經塡好姓名和地址，筆跡也不一樣。因爲姓氏和住址相同，我猜想是賈科梅蒂女士和她先生。

他們全家團結一心，向賈科梅蒂爸爸表達共同的心願，無論如何都必須成功完成這次的任務。

一旦下大雪，就無法把信交給賈科梅蒂女士，所以我照顧完三個孩子吃完晚餐後，決定出門送信。

平時都會將寫好但尚未封口的信放在佛壇前靜置一晚，隔天早上重新檢視後再封起信封，但這次無法這麼悠然。新聞報導持續提醒，即將出現數十年來罕見的超強寒流。

我格外小心謹愼地採取了防寒措施。出門前照了一下鏡子，發現自己的裝扮簡直就像要去攀登雪山。雖然覺得稍微有點誇張，但是不知道等一下到底會多冷。我祈禱著自己能夠順利回家，同時把小鳩豆樂放進背包裡，以備不時之需。我搭公車到中途，然後徒步走去賈科梅蒂女士的家。

外面冷得幾乎讓人瞬間凍結，不僅很冷，而且還很痛。微小的冰刺無情地打在眼皮和臉頰上，還不到晚上八點，路上完全看不到行人，讓人以爲已經是三更半夜，我覺得自己就像走在社區功能瀕臨崩潰極限的村落。

老公，感謝你這麼多年的照顧，和你一起走過的六十年，因為有你，才有許許多多的快樂回憶。

你是最出色的人生伴侶，也是最出色的父親。正因為如此，所以我對於要用這種方式和你分開感到痛心入骨，我多麼希望能和你攜手走完這輩子。

可惜比起我，你似乎更愛車子。

你身為醫生，曾經拯救了許多生命，為他人的幸福貢獻良多，我也為你感到極大的驕傲，但是，你覺得自己開車傷害別人也沒關係嗎？

如果你開車發生車禍，導致自己受了傷，最

糟糕的情況，可能因此失去生命，但這沒什麼好說，是你自作自受。

但是，如果你傷害到別人，甚至奪走了對方的生命，這麼多年來，你拯救無數生命的努力將毀於一旦。

你真的希望人生以這種方式結束嗎？

我絕對不希望以加害人妻子的身分結束這輩子所以，如果你不願意放棄開車，我只能選擇和你分開。

請你立刻決定，到底要選我，還是要選擇車子。

不可能兩者都要。

我是認真的。
即使和你分開，反正餘生也不長了，目前手頭上的資源，足以支應未來的生活。
隨信附上離婚登記申請書。
如果你之後仍然堅持要開車，請先去辦理離婚登記。
我絕對無法接受貪圖眼前的方便和自尊心，不惜奪走他人生命的行為。
等到發生意外，一切就來不及了。
你應該比任何人更了解生命有多麼寶貴。
如果你願意放棄車子，選擇我，下次我們就一起搭列車去旅行。

我還沒有搭過九州新幹線，要不要二度蜜月，一起愉快地出門旅行？搭列車旅行很棒，你願不願意為我推輪椅？

我尊重你的判斷。希望你可以冷靜思考未來的人生要如何走下去，以及希望用什麼方式結束自己的人生。如果你打算在結婚紀念日那天，開車來和我一起度過，容我在這裡先拒絕。我不希望你冒著生命危險來看我。

因為這可能是我寫給你的最後一封信，所以我要再一次向你表達，謝謝你這麼多年的照顧。

雖然賈科梅蒂女士詳細向我說明了她家的地點，但我找了半天，最後還是迷路了。我在淨光明寺前投降，撥打電話給賈科梅蒂女士，她立刻來接我。雖然我可以當場把信交給她，但還是希望她確認一下信的內容是否有詞不達意的地方，於是去了她家。

賈科梅蒂女士是建築師，她先生是室內設計師。位在扇之谷的兩代共居宅是他們自行設計、建造的，難怪看起來時尚又有品味，設計充滿了巧思，和我家完全不一樣。

在賈科梅蒂女士確認信件內容時，我原本打算在玄關等待，但賈科梅蒂女士說外面很冷，堅持請我進屋。

賈科梅蒂女士家的生活和我家完全是不同的世界，不知道哪裡靜靜地傳來悠揚的古典音樂，賈科梅蒂女士的先生正喝著餐後酒，坐在沙發上休息。

兩隻貓也都很親切優雅，和動不動就大聲威嚇我的流浪貓歐巴桑完全不一樣。他們家中的家具和鍋碗瓢盆都很高雅，令我嘆爲觀止。

最驚訝的莫過於地暖系統。腳下的地板很暖和，讓人想直接躺在地上。我發自內心羨慕住在這棟房子的貓。

賈科梅蒂女士看完信之後，請她先生確認。每次這種時候，我都會緊張不已。心臟噗通噗通，眼睛不知道該看哪裡，舉止變得很可疑。

「謝謝妳。」

賈科梅蒂女士的先生先開口道謝。他們夫妻互看著彼此，點了點頭。

「沒問題嗎？」

我誠惶誠恐地詢問他們的眞實感想。

「我認爲很完美。」

賈科梅蒂女士露出平靜的笑容說：

「眞希望馬上讓媽媽過目。」

她看著丈夫，徵求他的同意。

我在賈科梅蒂女士家時，天空開始飄雪，像八重櫻飄落般巨大的雪花下個不停。

我再次穿上了羽絨外套準備回家。如果不趕快回家，積雪可能會封住回家的路。

「這個給妳路上使用。」

賈科梅蒂女士給了我暖暖包。

「原本想請妳多坐一會兒，但這場雪令人擔心。謝謝妳特地送信過來，不好意思，下次請妳來家裡吃飯。」

賈科梅蒂女士露出了爽朗的笑容。

我戴上羽絨外套的帽子，離開了賈科梅蒂女士家。這次走在夜晚的路上時，把橫須賀線的鐵軌當作指引，避免再次迷路。

這一帶都是在山麓闢地而蓋的房子，如果自家沒有車子，生活的確很不方便。

我突然感到好奇，回頭看向賈科梅蒂女士的家，發現車庫內停了一輛車。我對車子完全沒有概念，只覺得那輛圓滾滾的車子很可愛。

賈科梅蒂爸爸可能在明天早上收到那封信。總之，這次的任務已經盡了人事，接下來只能祈禱一切順利。

走到半路時，我很想搭公車回家，但下一班公車還要等很久，所以最後還是一路走回家裡。

這場雪下了很久，而且積雪很深。郵筒和土地公頭上都像戴了一頂棉花糖般的白色帽子，家裡的小孩子，尤其是兩個小的忙著堆雪人、做雪洞，坐在雪橇上玩，在白色世界玩得不亦樂乎。

無論大人還是小孩都穿上了長筒雨靴，身上穿得像雪人一樣臃腫，到處可以看到有人滑倒。雖然不宜在考生面前說什麼「滑倒」，以免聯想到「滑鐵盧」不吉利，我也曾經在積雪的路上重重摔了一跤。

我摔跤的樣子就像是漫畫的畫面，在跌倒的瞬間，忍不住笑了出來。也許是因爲積雪發揮了緩衝作用，雖然摔得很重，但幾乎不覺得痛。

我以爲下雪的天氣，餐廳不會有生意，沒想到蜜朗的餐廳生意興隆，開張至今，生意從來沒有這麼好過。也許是因爲下雪的關係，讓大家有一種非日常的興奮感。雖然嘴裡嚷嚷著很不方便、很不方便，但是又樂在其中。我獨自享受的賞雪熱紅酒也格外有滋有味。

我覺得生活就這樣被大雪困住似乎也不壞，沒想到某天拉開窗簾，窗外一片藍天，積雪完全融化了，融雪水像小河一樣從路旁流過。

冰雪融化之後，季節就開始大步跳躍，梅花的花苞像麻糬般鼓了起來。

難以想像不久之前，都生活在一片白雪茫茫之中。

QP爲考高中的苦讀也進入了最後的衝刺階段。我們也要向賈科梅蒂女士家學習，團結一心，突破難關。

當我抬頭看向藍天時，內心難得充滿動力，萌生了勇敢向前的念頭。

賈科梅蒂爸爸從賈科梅蒂女士的手中接過附上離婚登記申請書的最後通牒後，當天就去繳回了駕照。

那張離婚登記申請書似乎奏了效，賈科梅蒂爸爸沒有暴跳如雷，也沒有放聲大哭，只是淡淡地去辦理了手續，然後把車子賣掉。

賈科梅蒂媽媽果然料事如神。

「也許是因爲在要求我父親繳回駕照這件事上，母親之前從來沒有發表過任何意見的關係。」

賈科梅蒂女士打電話通知我這件事時，聲音中帶著雀躍：

「我母親說，她在幾年前就預料到會有這麼一天，猜到家人會爲這件事煩惱，所以她刻意從來不針對這件事發表任何意見，靜觀其變，讓自己能夠在關鍵時刻一舉解決問題。」

「太厲害了。」

我說。

這意味著我能在不久的將來，見到賈科梅蒂媽媽。

「如果母親也三番五次和我們一起逼父親繳回駕照，父親一定會鬧情緒，完全不聽勸。正因爲母親之前沒有這麼做，所以那封最後通牒信能在關鍵時刻發揮最大的效果。

「鳩子，這一切都是妳的功勞，眞的很感謝妳。我母親也很感謝妳，還說想當面向妳道謝。」

那天晚上，渾身發抖地默默走在空無一人的路上去送信的努力沒有白費。啊，太好了。我發自內心鬆了一口氣。

「所以妳父母要去二度蜜月！」

我在電話中說。

「我父親摩拳擦掌，說他會安排好一切，現在每天都在看行程簡介。」

賈科梅蒂女士興奮地說。

「他們感情眞好。」

上代一定很希望和美村先生也能這樣攜手一輩子。這麼一想，就感到一陣鼻酸。

「下次我母親從安養院回家小住時，我再聯絡妳。如果妳有空，歡迎來我家玩。」

聽到賈科梅蒂女士的邀請，我微笑著點了點頭。

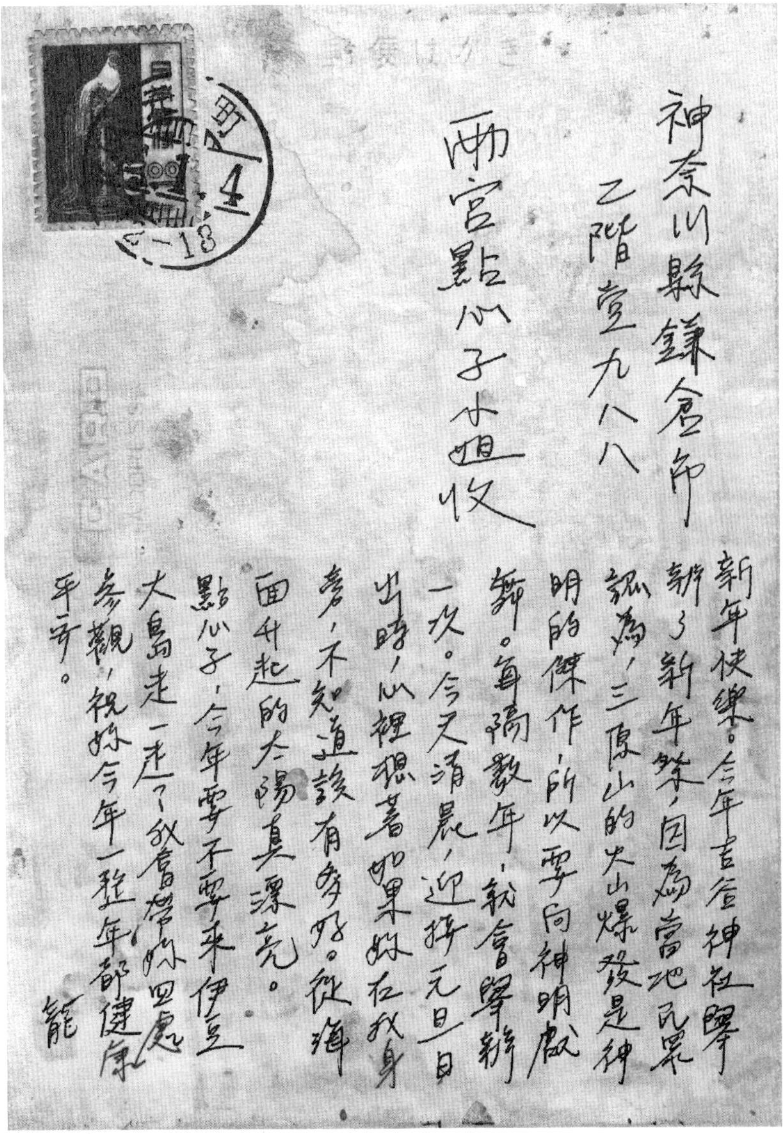

神奈川縣鎌倉市
二階堂九八八
兩宮點心子小姐收

新年快樂。今年去參神社舉
辦了新年祭，因為當地民眾
認為，三原山的火山爆發是神
明的傑作，所以要向神明獻
舞。每隔數年，就會舉辦
一次。今天清晨，迎接元旦日
出時，心裡想著如果妳在我身
旁，不知道該有多好。從海
面升起的太陽真漂亮。
點心子，今年要不要來伊豆
大島走一走？我會帶妳四處
參觀，祝妳今年一整年都健康
平安。
龍

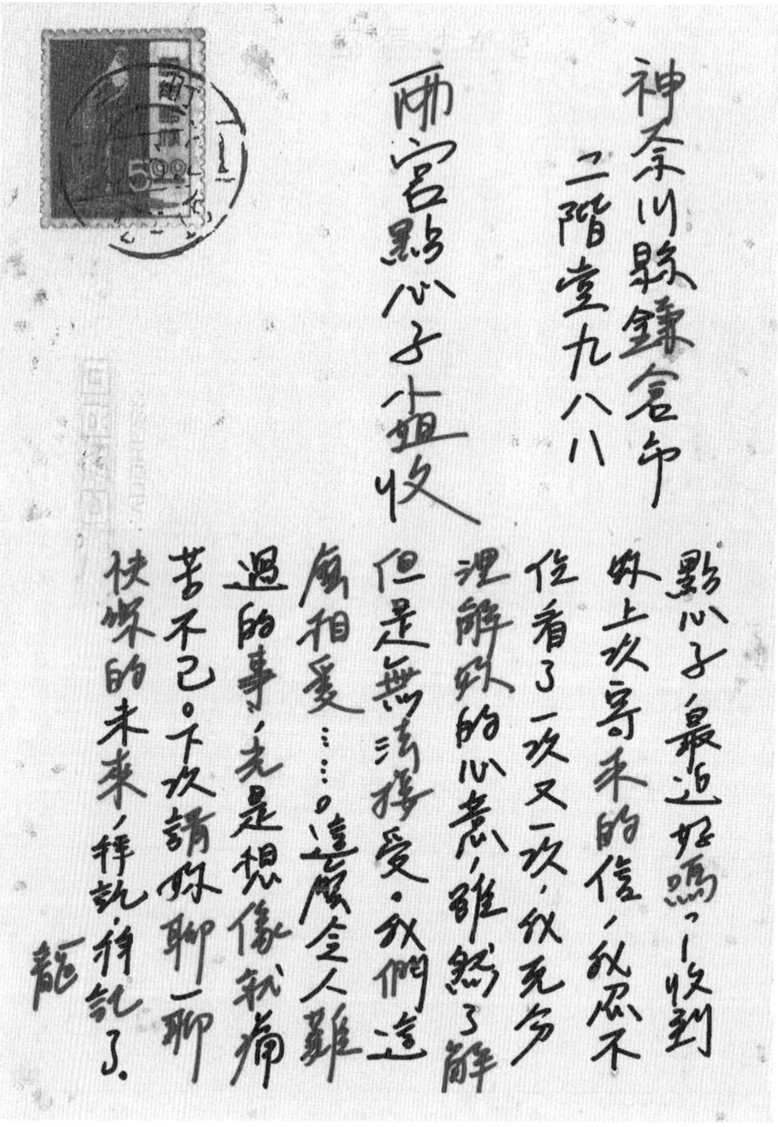

神奈川縣鎌倉市
二階堂九八八
雨宮點心子小姐收

點心子最近好嗎？收到
妳上次寄來的信，我忍不
住看了一次又一次，我充分
理解妳的心意，雖然了解
但是無法接受。我們這
麼相愛……。這麼令人難
過的事，光是想像就痛
苦不已。下次請妳聊一聊
快樂的未來，拜託，拜託了。
龍

美村先生寄來的第二張和第三張明信片也都是從書中找到的。

上代把他寄來的明信片當書籤使用嗎？還是她夾的那一頁，隱藏了什麼重要的訊息？

我已經忘了明信片當初夾在哪一頁，更何況即使記得，事到如今，恐怕也很難解讀上代想要傳達的訊息。

美村先生到底寄給上代幾封信？

美村先生的明信片都沒有寫日期，郵戳也難以辨識，無法掌握明確的狀況，但是把點和點相連之後，可以隱約了解上代和美村先生之間的發展。

只要一有時間，我就把上代放在書架上的每一本書拿下來，檢查書裡有沒有明信片。

那封信就放在《萬葉集》和《古今和歌集》之間，不是夾在書裡，而是塞在兩本書之間。

信封上寫著「美村龍三先生　啓」，還有美村先生的住址，也貼了郵票。令人印象深刻的六十圓綠色梵鐘郵票上，沒有蓋郵戳，背面的寄件人欄寫了山茶花文具店的地址和上代的名字。

如果信封已經封好，我打算讓這封信永不見天日，但是上代並沒有封上信封。

也許她打算重寫，或是還有其他東西要一起放進去。

總之，我利用了信封沒有封口這個理由，拿出信紙看了。

同時，在心裡向上代道歉。

前略。不好意思，打擾了。

你還好嗎？

我從電視的新聞報導中看到，三原山火山很可能會爆發，這幾天，我一直守在電視旁，想了解最新狀況，結果真的火山爆發了。

我們已經有好幾年，不，超過十年沒有聯絡了，突然提筆寫這封信，請你原諒我的失禮。因為我實在太擔心你了，擔心得坐立難安。除了火山爆發，也持續地震，鎌倉也感受到輕微的搖晃。

看到黑煙竄起，紅色的火焰從地面噴出的影像，我忍不住全身顫抖。每次看到那段影像，就暗自祈禱，希望你平安無事。

新聞報導說，目前火山噴發變得活躍，岩漿流向了元町。我記得之前你來接我的港口就是元町。聽朋友說，神奈川縣內的高地也可以看到噴火的情況，不知道會不會馬上派自衛隊前往救援，我實在太擔心了。

聽說已經下達了全島撤離的指示。

請你在岩漿波及之前，趕快離開那裡。拜託了。

很多人在黑暗中，完全沒有帶任何東西，只穿著身上的衣服，連夜跳上東海汽船的船隻，我瞪大了眼睛，希望在人群中看到你的身影，

但是至今仍然沒有找到，
希望你和你的家人都平安無事。
希望你們都能夠搭上船。
我滿心祈禱。

雨宮點心子

美村龍三　先生　啟

前略。
聽說有很多貓狗仍然留在島上，我很擔心你家飼養
的牛是否平安。
從電視上看到海水變紅就知道，大島的海面溫度上升了
地震仍然持續頻傳，火山活動似乎仍然沒有平息。
剛才看到山崩的樣子，眼淚就忍不住流了下來。和你牽手
走過的山茶花隧道，你喜歡的波治加麻神社，以及我們
在海邊點燃篝火的砂濱，你帶我去看的那棵樹齡八百
年的山茶花神木。
千頭萬緒湧上心頭，我感到痛苦不已，好像我和你一起共
度的時光，也都被岩漿吞噬了……
你之前說，三原山就是御神火神明，我現在完全相

信了。

聽說島民從原本位在稻取的避難所轉移到東京都準備的設施，你也和家人一起搬進了運動中心嗎？如果我去那裡，可以見到你嗎？

只要看你一眼就好，我只想親眼看到你平安無事。我可以去看你嗎？

雖然你目前遭遇到嚴峻的狀況，請多保重身體，也保持心情愉快。

點心子

前略。不好意思。

真的太可怕了，幸好順利完成了全島撤離，算是不幸中的大幸。我茫然地看著從地面噴出的火柱，回想起和你共度的時光。

不知道伊豆大島接下來會怎麼樣。

聽說島民仍然想要回到大島，想到他們只穿了身上的衣服，不顧一切地逃命，就覺得太可憐了。

不知道你在避難所的生活還習慣嗎？有沒有缺什麼？有沒有需要什麼？

我很希望能盡綿薄之力，但我擔心自己趕過去探視你，反而造成你的困擾。

這麼一想，就遲遲不敢付諸行動。我知道膽

小懦弱的自己真的很沒出息。
我只想聽到你對我說，你一切都平安。

點心子

信封內總共有七張信紙，使用的筆和筆跡都有微妙的不同，顯然是不同時間所寫。我猜想她原本想要寄出去，所以寫了這幾封信，但最後並未寄出。即使寄到美村先生位在伊豆大島的家中，但他去避難了，家裡沒有人，更何況當時信件應該無法送達。雖然可以將信寄到避難所的運動中心，但上代最後沒有這麼做。

我查了一下發現，全島撤離的指示在一個月後解除，原本在島外避難的島民都回到了大島，所以美村先生應該也和家人一起回到熟悉的伊豆大島。

我捧著好幾頁信紙，想像著上代寫這些信的心情。

她一定很想去避難所和美村先生見面，但是最後沒有去見他。不，即使想去也去不了。因為美村先生並非單身，上代可能害怕看到美村先生和家人一起，所以她責怪自己「膽小懦弱」。

冬馬先生之前特地送來鎌倉、裝了上代寫給美村先生的信的盒子中，有一封沒有拆開的信。那封信和三原山火山爆發時所寫、但最後沒有寄出的信件不同，而是實際寄了出去，寄到對岸的美村先生家中。

但是，那封信沒有被拆開，美村先生沒有看過那封信。

檢查郵戳後，發現不是很久以前寄的，應該是上代晚年寫下的信。

雖然家裡可能還有其他美村先生寄給上代的明信片，但我還是聯絡了冬馬先生，告訴他我找到了。我檢查書架上的每一本書，如果還有其他明信片，一定是放在其他地方。

「我找到美村龍三先生寄給外祖母的信了。」

我傳了訊息。

「眞的找到了嗎！」

冬馬先生很快回覆了訊息。

「要怎麼處理他們的信件？」

我也回覆訊息。

「我希望讓他們的信件一起升天。」

冬馬先生提議。

我也打算好好供養他們的信件。

我向冬馬先生說明了每年進行的書信供養儀式，冬馬先生立即回了訊息。

「那可不可以在農曆二月三日，爲妳的外祖母和我叔叔兩個人舉行特別供養儀式？」

我立刻查了月曆，看農曆二月三日是哪一天。剛好是QP考試結束後幾天，時間或許剛好。

「要在哪裡舉行呢？」

我顧不得使用敬語，急忙回訊。

「如果可以，我希望在大島舉行。」

過了一會兒，冬馬先生回覆的訊息也沒有用敬語了。

我想了一下，又回訊息：

「不如這樣，我帶著他們互通的信件前往大島，然後在那裡燒掉所有的信，化爲灰燼，我覺得外祖母也希望如此。」

如果能夠在有他們共同回憶的地方供養這些信件，我相信他們兩個人都會很高興。

「好主意，那時山茶花應該還很漂亮。我帶妳參觀伊豆大島，到時候我們再聯絡。」

內心感到七上八下。雖然完全沒有做任何虧心事，但是想到要去伊豆大島和丈夫以外的男人見面，就覺得口渴不已，很想喝水。雖然也可以當天來回，但我覺得住一晚，就不必趕時間，能好好緬懷上代和美村先生。

我該怎麼向蜜朗說？

只要如實向他說明，他一定會說「沒問題」，笑著送我出門。但是如此一來，就必須告訴蜜朗上代那段禁忌的戀情。

無論如何我都不希望蜜朗知道上代的戀情，因爲覺得這是上代的強烈要求。

一個星期後，蜜朗酩酊大醉地回到家中。

他喝得爛醉如泥。他和我一樣，酒量並不好，雖然酒量不好，但不討厭喝酒。只不過只要喝醉酒，就會天不怕，地不怕，也不想工作。所以在餐廳時，無論客人再怎麼勸酒，他都會盡量拒絕。沒想到……

「鴿子、鴿子，波波——」

他突然壓在已經躺進被子的我身上，試圖用冰冷的嘴唇親吻我。他滿身酒氣，無論身上的衣服還是頭髮，都是外面世界的味道。

他試圖將舌頭伸進來，我拚命拒絕。即使是夫妻，不，正因爲是夫妻，我希望他做事要搞清楚時間和場合。現在我一點都不想。就算是夫妻，被霸王硬上弓還是很不舒服。

他可能太高興，不小心喝多了。我沒有把這件事放在心上，沒想到第二天、第三天，他都喝得爛醉如泥回家。

我忍不住感到不安，猜想可能發生了什麼事。雖然快睡著時硬被吵醒很不高興，但我也很擔心蜜朗的狀況，於是決定起床和他聊一聊。

我穿上了上代生前常穿的短褂，打開暖桌的開關，爲蜜朗準備了熱開水，然後也請他坐進暖桌。我和他面對面坐在桌前。

「你怎麼了？發生什麼事了？」

我看著蜜朗的眼睛問。蜜朗就像是忍著疼痛的小孩子一樣，流下了豆大的淚珠。和醉鬼說話眞麻煩。我內心感到不悅，但還是把面紙盒移到蜜朗面前：

「你光哭不說，我怎麼知道發生什麼事？」

我對他說。我很久沒有看到他哭了。

蜜朗就像貝殼般雙唇緊閉，不發一語。我太想睡了，打算躺回被子睡覺時，蜜朗嘀嘀咕咕，不知道說了什麼。

「啊？你說什麼？我沒聽到。」

我冷冷地說。

「鴿子、鴿子妳……」

蜜朗再度像忍著疼痛的孩子一樣哭喪著臉，我不想繼續和醉鬼糾纏，於是用強烈的口氣說：

「到底發生什麼事？」

我整天忙著照顧孩子，也忍不住想抱怨：

「那就明天早上再說，我要去睡覺了。」

我站了起來，蜜朗才終於開口：

「鴿子，妳有喜歡的男人了嗎？」

「什麼？」

蜜朗說的話太無厘頭，我忍不住大聲反問。我被他問得莫名其妙。

「我怎麼可能有這種閒工夫？」

我生氣地反問。

「因爲店裡的老主顧說，去年秋天，看到妳和陌生男人在咖啡店見面，而且看起來很開心。」

聽到他這麼說，我終於恍然大悟。原來是這麼一回事。所謂隔牆有耳，隔窗有眼。鎌倉這個地方，完全應證了這句話。

爲了避免遇到熟人，我還特地挑選BunBun紅茶店，沒想到還是被人看到了。

「我和那個人完全不是這種關係。他是我小學同學，說剛好有事要去後車站，所以就順便把以前向我借的漫畫還給我。」

我脫口撒了謊。

「是嗎？」

蜜朗流著鼻涕，抬頭看著我。原來成年人也會哭成這樣。

「那妳爲什麼沒有告訴我？既然妳要和別人見面，跟我說一聲不就好了嗎？」

蜜朗用面紙擦著臉說。

「我已經是大人了，沒必要和別人見面都一一報備。」

我嘟著嘴。事已至此，我無論如何都不能說自己打算去伊豆大島住一晚。

「明天還要早起，我要去睡了。晚安。」

「晚安。」蜜朗無力地回答。

但是，即使躺回被子，仍然難以入睡。

蜜朗走進臥室時，我仍然閉著眼睛，假裝睡著。蜜朗的鼾聲太吵，我好幾次搖晃他的身體，他又翻身睡去。

天快亮時，我才終於睡著。隔天一整天都很想睡，就像喝醉酒宿醉一樣，腦袋昏昏沉沉的。

和蜜朗結婚時，我們曾經約定一件事，要絕對、絕對保守一個祕密。那就是關於蜜朗前妻美雪的死因。

事件發生時，QP還未滿兩歲。美雪和QP一起去超市採買，被持刀的陌生男人從後方追趕，遭到殺害。

所以QP第一次和我去超市時，她很想掉頭離開，態度不太對勁。

但是，隨著她漸漸長大，已經能夠正常走進超市，似乎對當年的事也沒有具體的記憶。

每個母親遇到相同的情況，都會做同樣的事，美雪當時也保護了年幼的QP。為了保護QP，犧牲自己的生命。但是，我們不希望QP知道這件事，我和蜜朗都這麼想。

所以我們發誓要一直瞞著QP。如果QP問媽媽是怎麼死的，就說發生了車禍，絕對、絕對不能告訴她眞相。蜜朗或許也因為這個原因，所以很少回位在高知的老家。

我內心是這麼認爲的。

ＱＰ清楚知道我不是她的親生母親。ＱＰ在剛進入叛逆期時，曾經冷冷地對我說：

「反正我和妳沒有血緣關係，妳不要對我管東管西。」

她當時說的這句話，至今仍然像尖刺一樣，刺在我內心最柔軟的地方。

我認識蜜朗時，ＱＰ已經五歲了，所以即使她對在兩歲時失去的親生母親美雪沒有記憶，也知道我是後來才參與他們的生活。我們家也有美雪的牌位。

那天至今，雖然不到十年，但我們一起生活了差不多十年的歲月。

所以我和ＱＰ已經成爲一家人，她是不是我親生的根本不重要，甚至忘了有沒有血緣這回事。

我可以抬頭挺胸地斷言，家人之所以能夠成爲家人，不是因爲血緣關係，而是共同生活的時間。只不過，ＱＰ和我是沒有血緣關係的母女，也是不可置疑的事實。

雖然在剛結婚時，我和蜜朗一度擔心，但ＱＰ至今從來沒有問過我美雪的死因，應該也沒有問過蜜朗。

日子一天一天過去，ＱＰ考高中的日子在即。雖然她仍然沒有走出叛逆期，但之前激烈的言行已經漸漸收斂。

如果說，ＱＰ那一陣子是帶刺的栗子，現在就是帶刺的玫瑰。去年暑假時，她完全把我當空氣，最近對她說三次話，她會回答一次。這是很大的進步。

那天早上，我正在廚房洗東西，QP走到我身旁，突然對我說：

「我問妳，等我考上高中後，可以去衝浪嗎？其實我已經決定要去了。」

雖然她語尾還是冷冰冰的，但已經很久沒有對我說這麼多話了。只不過她突然提出要去衝浪，我也不知道該如何回答。

「爸爸怎麼說？妳有沒有和他討論過？」

我沒有停下洗東西的手問道。

「爸爸說，他會教我衝浪。」

QP繼續板著臉回答。

「既然這樣，那就沒問題啊，妳會和爸爸一起去衝浪，對嗎？」

我回答。

「眞的假的？」

QP瞪大了眼睛。

「我覺得沒問題啊。」

我又重複了一次。

「我以爲妳絕對會反對。」

QP說話時看著某一點。但是，妳必須先考上高中再說。我把這句話吞了下去。因爲我不希望說了沒必要的話，又破壞我和她之間的關係。

「妳的時間沒問題嗎？」

我看著時鐘問她。

「啊，我要出門了。」

QP走向玄關的方向。

她在不知不覺中又長高了，裙子又變短了。

「走路要看路，路上小心。」

我對著她的背影說。

「我走了。」

QP用好像男生般低沉的聲音，頭也不回地嘀咕。比起她平時的悶不吭氣，即使只是這樣冷淡的一句話，也會讓我心情開朗起來。

我們母女好久沒有這樣正常對話了，我不禁暗自竊喜，其實我高興得想要跳起來。雖然只是和平時無異的早晨，但我覺得是全新的早晨。或許這麼說有點誇張，但我有一種準備迎接新時代的雄心壯志。

像往常一樣送QP出門後，我立刻拿起筆，當場寫了信。好事不宜遲，我希望這種心情在內心漸漸風化之前，保存在語言的膠囊中。

我寫下平時向來不會使用的紫色文字，希望有助於激發QP的動力。我覺得自己好像也回到了中學生時代。

QP

為了考試用功的這段日子辛苦了，妳每天晚上都讀書到很晚，妳真的很用功。雖然妳一定想多睡一下，但每天早上都準時起床，上學從來沒有遲到，媽媽覺得妳很了不起，也很佩服妳的毅力。

我突然想提筆寫信給妳。

我猜想妳會在吃便當的時候看這封信，如果還沒開始吃便當，請妳先吃便當，因為俗話說「吃飯皇帝大」。

和妳成為一家人，一起住在這棟房子，至今已經有幾年了？

我記得妳讀小學一年級時，身上的書包看起來超大。回想起那一幕，好像是昨天發生的事。

妳從小到大沒有受過什麼嚴重的傷，也從來沒有住過院，順利成長至今，我覺得這就是最大的孝順。

謝謝妳健康地長大。

能夠和妳成為一家人，媽媽真的、真的很幸福。

希望妳能夠順利完成入學考試，人生繼續向夢想邁進。下午的考試也要全力以赴，媽媽為妳加油！

P.S.

考試結束之後，要不要和媽媽兩個人去伊豆大島旅行？

媽媽因為有事，必須去那裡一趟。

仔細想想發現，我還沒有和妳單獨去旅行過，這是妳的畢業紀念旅行。

旅行的細節我會再告訴妳。

母字

我把寫完的信裝進目前很受歡迎的插畫家畫的信封中，雖然很可愛，但不至於太可愛，然後用貼紙封口。這也是山茶花文具店的商品之一。

考試當天，我把幾天前寫的這封信和她要吃的便當放在一起。我並不是有什麼具體的想法要告訴她。

只是很想寫信給QP。

雖然這一年，我們母女之間幾乎沒有像樣的談話，但是我刻意不提這件事。我傳了訊息給冬馬先生，說可能會帶國三的女兒同行，然後對蜜朗說，想和QP兩個人去兩天一夜的旅行。

即使我邀約，QP也可能不會出現，那就到時候再見機行事。

今年也迎接了農曆二月三日。

新年之後，就陸續收到客人寄來的供養信件，還有從國外寄來的信件，全都是客人無法自行處理的信件，希望由我代替當事人，在院子內焚燒供養。

上代每年都會按照慣例，進行多項固定的例行活動，很多我都放棄了，只繼承了書信供養儀式。

雖然現在收到的信件數量逐年減少，但不是完全沒有。我決定只要仍然收到信件，就持續這個儀式。

今天要去伊豆大島舉行特別的書信供養儀式，所以必須在此之前，完成慣例的書信供養。

我把裝滿水的水桶拎到後院，在簷廊將信件分類，打算捐贈的郵票已經小心地沿著齒孔剪了下來。

接著，把信件堆成小山，混入乾燥的落葉和樹枝，點燃火種。隨著次數的增加，點火也越來越順暢，這次一點就著了。

我看著焚燒的火焰，想起了一件事。

我剛回到這個家不久，也在農曆二月三日這天進行書信供養儀式，住在隔壁的芭芭拉夫人探頭張望，說我既然在燒落葉，可不可以順便幫她烤年輪蛋糕。

我點頭答應後，她說乾脆再烤飯糰、炸魚漿片和卡門貝爾乳酪，而且烤到一半，開始喝芭芭拉夫人從家裡拿來的粉紅香檳，那次書信供養儀式太歡樂了。

回想起來，十年前，我在鎌倉舉目無親，只有和鄰居芭芭拉夫人的相處是眞感情的交流。

沒想到這些年後，我和自己的小家庭一起在這裡生活。

剛繼承山茶花文具店時，我孤伶伶地住在這棟老舊的日式房子內，之後家庭成員一個又一個增加，目前一家五口，住在同一個屋簷下。回想起來，這十年的生活充滿了起伏。

而且，山茶花文具店以前的客人都是陌生人，現在有男爵、可爾必思夫人，以及小舞這些知心的老客人。

我覺得自己太幸運了。

這麼一想，再加上煙的加乘效果，淚水忍不住流了下來。

我就像串燒店的老闆一樣，拚命搧著扇子。

言語的神祕力量——言靈，隨著煙一起被吸入三月早晨的天空。

昨天晚上，我給了QP一張便條紙，上面詳細寫了和她相約見面的地點。QP上午要返校，討論畢業典禮的事宜，我也想早一點出門，先去買伴手禮給冬馬先生，之後再去東京竹芝客船總站搭往伊豆大島的汽船，所以就和QP約在那裡見面。

QP今年十五歲了，一個人搭電車不是困難的事。

因爲不希望QP在放學後匆忙趕路，所以決定搭乘下午出發的汽船。從竹芝客船總站搭汽船到伊豆大島要一小時四十五分鐘，熱海也有往伊豆大島的汽船，只要一半的時間就可以抵達，但我們無法在汽船出發之前趕到。

客人寄給我的所有信件全都化爲灰燼後，我用水桶裡的水滅了火，然後來到文塚前，向書信神報告，今年也順利完成了書信供養儀式。

門口的山茶花盛開，彷彿在頌揚這個世界的春天。在綠色樹冠滿滿綻放的山茶花是獨特的漂亮紅色，既不是鮮紅，也不是朱紅，更不是酒紅色。

我輕輕撫摸著山茶花的樹幹，小聲對它說。

我出門了。

有那麼一瞬間，我似乎看到上代就像調皮的女孩，爬上山茶花樹，兩隻腳在樹上晃來晃去。

我回到家裡換了衣服，確認有沒有忘記帶什麼東西，做了出門的準備。

蜜朗已經去了餐廳。我直到最後，都沒有把上代的這段禁忌戀愛告訴他。

上代和美村先生寄給對方的信件和明信片，都已經收在盒子裡，用方巾包起後，放在旅行袋最下方。無論如何都不能忘記把這個盒子帶出門。

我再次檢查了火燭，最後鎖門出發。

我已經很久沒有搭橫須賀線去東京了。

在新橋下車後，走了一小段路，來到竹芝客船總站。從鎌倉車站搭電車到這裡，差不多一個多小時。

我最後買了鴿子餅乾帶給冬馬先生。伊豆大島也屬於東京，所以我覺得比起在東京購買，鎌倉的伴手禮應該更受歡迎。於是在去車站的路上，在豐島屋總店買了鴿子餅乾。

雖然很沒新意，但鴿子餅乾是鎌倉最具代表性的點心。核桃糕當然也是代表鎌倉的美味糕點，但絕對不能出錯時，非鴿子餅乾莫屬。我也為自己帶了小鳩豆樂在船上吃。

直到汽船出發的前一刻，我都一直站在棧橋上等QP，可惜等到最後一刻，QP還是沒有出現。她並沒有明確回覆願意和我一起去旅行，我也只是對她說，如果她想來的話，希望她和我一起去。

會不會在來這裡的路上，發生了什麼意外？雖然腦海中閃過這個不安的念頭，但是我很清楚，應該不是這樣。

我沒有繼續等QP，按照原來的計畫搭了船。我剛才已經買了兩張船票，所以浪費了其中一張，但這也無可奈何。雖然我很期待和她一起去畢業紀念旅行，但QP並不這麼想。

最後，我獨自踏上了旅程。

QP絕對沒事的。

我坐在汽船的座位上，隔著窗戶，看著漸漸遠去的棧橋這麼想。

伊豆大島原本就該我一個人去。我忍不住反省，想用和QP一起去畢業紀念旅行作爲幌子的自己思慮不周。

汽船在轉眼之間離開了碼頭。

汽船果然不一樣，維持八十公里的時速在海面上直線滑行，柔和的春光慈愛地照耀在東京灣。

我把裝了情書的盒子放在腿上，打開方巾。

我還有一封沒看的信。那是上代實際寄出，但美村先生沒有拆開的信。

原本我不打算看這封信。既然不是寫給我的信，那就不該看。這是禮儀。

但是，時間一天一天過去，我的想法也漸漸發生了改變。

這或許是我一廂情願的解釋，但我覺得上代似乎希望我和冬馬先生理解她和美村先生之間的關係。

上代也許希望有人從第三者的角度，見證他們的愛情千眞萬確。我和冬馬先生或許就是爲此奔走。

我把從家裡帶來的攜帶型拆信刀塞進信封的封口處，輕輕用力拆開了信封。

我立刻感受到信封中飄出了上代的氣息，難道是我的錯覺？

不，並不是，我眞的感受到在信封中沉睡的上代開始呼吸。

我攤開折成三折的信紙，慢慢開始看這封信。

這封信之所以沒有拆開，意味著上代寄出這封信時，美村先生已經不在人世了。

上代寫這封信時，顯然並不知道這件事。

三哥，離別至今，經過了漫長的歲月。時間越久，和你共度的記憶就越鮮明，這種現象真是太不可思議了。

我知道相隔這麼多年，寫信給你很冒失。因為已經是好幾十年前的事了，你可能已經忘了我的名字，也忘了我長什麼樣子，但我仍然決定寫這封信給你。

我是在醫院的病床上寫這封信。我的來日已經不多了。

到底要不要寫信給你，我猶豫很久。醫院的中庭種了夏山茶，開了漂亮的花，我不由得想起了你，然後整天想著不知道你現在好不好，不知道你在哪裡，看到了什麼樣的風景。

（止痛藥的藥效似乎發揮了作用，我有點想睡覺了，所以先休息一下。等我睡醒之後，會繼續寫信。）

不好意思。

剛才突然想起之前在伊豆大島時，你一直希望我吃臭魚乾的事。你在家裡烤了臭魚乾，然後包了海苔，帶到旅館給我吃，但是我堅決不吃。

雖然一方面是因為魚很臭，我不想吃，但更因為我不想吃你和家人共同生活的家中廚房所做的東西。那一次，我們好像難得稍微吵了幾句，但馬上覺得這樣很浪費時間，很快就和好了。

當時，我和你都很年輕，只有二十多歲。也許我太愛你了，我和你無論在什麼方面都很合。無論身心各方面，都和你合得不得了，合得讓我有點害怕。

但是，我親手斬斷了和你之間的情緣。為了斬斷情緣，我決定懷孕，而且也生下了孩子。

那次之後，我再也沒有和你見過面。

昭和末年，三原山的火山爆發時，我實在太

擔心你，我記得當時曾經寫信給你，但是最後並未寄出。

你有你的人生，我也有我的人生。

事到如今，即使我厚著臉皮出現在你面前，又能怎麼樣呢？想要追尋逝去時光的想法未免太不知天高地厚，因為根本做不到。

我們只能向前邁進。向前邁進，然後有朝一日，迎接死亡的到來。我認為這就是人生。

我知道自己現在提筆寫信給你很不乾不脆，我知道自己真的很不成熟。

最近，我都在病床上練習以呂波習字歌。

起初只是閒著無聊，用來打發時間。

但是，有一天，我突然發現以呂波習字歌中，隱含的深奧含意。

這首歌的意境太深奧了。

無論花開得再美，終有一天會凋零。

我在病床上看著夏山茶樹，深刻體會到諸行無常這句話。

我已經了無遺憾。

只想表達對你的感謝。

從人生整體來看，和你共度的時光或許只是一瞬之光，但是這一瞬之光成為我生命的明燈，引領我走完人生。

我由衷地感謝此生有緣和你相見。
希望你擁有美好人生，直到生命的最後一
刻。

雨宮鳩子

美村龍三 先生 啟

繁花似錦終凋零 盛放一時却歸塵
人生一瞬如夢幻 難逃無常如雲煙
紅塵萬丈事縈繞 今日一躍解千愁
醉夢初醒悟真知 邁向清覺悟境

最後一頁信紙上，用漢字呈現了以呂波習字歌的意境。

信紙上是上代熟悉的字跡，上代彷彿張開雙手，站在那裡。

上代就在這裡，她在這裡。

我一次又一次反覆看著以呂波歌。

這是上代留下的人生最後一封情書。

我要爲上代毅然的人生鼓掌喝采。

明日葉

隨著汽船的搖晃，我忍不住打起瞌睡，睡了將近一個小時。在半夢半醒中，聽到船上廣播，今天將停靠在岡田港。

汽船在伊豆大島有兩個可以停靠的碼頭，必須視當天海浪的情況決定在哪個碼頭靠岸。冬馬先生會到汽船停靠的碼頭來接我。即使我瞪大眼睛看向後方，也已經看不到竹芝客船總站了。

離伊豆大島只剩下一小段距離。

我對著放在腿上的盒子說。

那些書信，此刻也在盒子裡相親相愛嗎？

——我認爲他們彼此相愛。

冬馬先生之前在 BunBun 紅茶店說的話在我耳邊響起。

的確，他們用他們的方式，靜靜地，時而激情地相愛。愛也有各種不同的形式。

汽船漸漸放慢了速度駛向岡田港，看到了聳立的岸壁。

你們很快就能合爲一體了。

我再次對著書信說話，然後小心翼翼地用方巾包起盒子，放回了旅行袋底部原來的位置。厚實的雲籠罩天空。

下了船，跟著其他人移動時，看到一個男人走下小貨車，向我的方向舉起手。

我起初沒有認出那是冬馬先生，因爲和之前在鎌倉的 BunBun 紅茶店見到時的感覺很不一樣。他的頭髮凌亂，整個人散發出野性的味道。但仔細觀察臉之後，立刻知道他就是冬馬先生。

「好久不見。」

「船有沒有很晃？」

「還好。」

相互寒暄之後，我坐在小貨車的副駕駛座上。

「妳女兒呢？」

冬馬先生把車子開出去後問。

「她沒有來，所以這次是我一個人的旅行。」

我簡短地說明。

「太可惜了。」

冬馬說。

「我原本還打算帶妳們去山茶花很美的地方。」

小貨車行駛在路上，車速越來越快。

「謝謝，麻煩了。」

「我才要謝謝妳。」

我聽著冬馬先生說話的聲音，思考著不知道蜜朗正在做什麼。伊豆大島和鎌倉的時間流逝完全不一樣。

小貨車駛向島的南方。

「雖然妳才剛到，但要不要先完成正事？」

冬馬先生說。

「好啊，我們先進行書信供養，這也是此行的目的。」

我也表示贊同。

我對伊豆大島的第一印象，覺得這裡不是繁榮的地方，整體有一種灰濛濛的感覺。不知道這裡有多少人口。我坐在車上大致觀察了一下，發現有很多空房子。

「妳第一次來伊豆大島嗎？」

冬馬先生握著方向盤問我。

「是啊，我以前不知道離東京這麼近。」

小貨車經過了褪色的商店街，幾乎所有的店家都拉下了鐵門。

「如果搭飛機，只要二十五分鐘就到東京了，但其實這裡也屬於東京都。」

在我們聊天時，發現到處都種了山茶花。

「這裡的山茶花眞多啊。」

我難掩興奮地嘀咕。只要看到山茶花，就有一種幸福的感覺。

「在人口只有七千人的這座島上，據說有三百萬棵山茶花樹。山茶花的生命力很強，所以島上的居民都會在房子周圍和農田周圍種山茶花，作爲防風林。因爲島上風很大，但是山茶花會在土壤中紮根，不會輕易被吹倒。」

「的確，山茶花的樹葉也很強壯。遇到颱風時，其他樹木都被吹斷，但鎌倉老家的山茶花仍然好好的。」

我對冬馬先生說。

「山茶花全身都是寶，花瓣可以用來做果醬，也可以作爲染料。

「樹枝在炭燒之後，就變成了炭。做陶藝時，炭灰可以作爲釉藥使用，樹葉可以用來夾麻糬。」

「山茶花麻糬眞的很好吃。」

我想起了夾在山茶花鮮豔葉子內淡粉色的麻糬。冬馬先生笑了笑說：

「山茶花樹每年夏末就會結出果實，島上的居民就會在自家的山茶花下撿果實，曬一個星期左右，把曬乾的果實交給業者，就可以榨山茶花油，居民就有現金收入。」

冬馬先生配合持續出現的彎道，靈巧地轉動著方向盤，向我說明。

「山茶花眞的是集優點於一身，可以遮擋強風，還會開出令人賞心悅目的美麗花朵。」

我說。

「所以島上很少人會把山茶花砍掉，山茶花是大島的島寶。」

冬馬先生露出慈愛的眼神說。

「聽你說這些，眞是太高興了。因爲我的店就叫山茶花文具店。」

車窗外的大海眞的很美，從雲的縫隙照下來的光束就像是圖騰柱。

「山茶花文具店店名的由來是什麼？」

冬馬先生不時看向大海的方向問道。

「店名是我外祖母取的，因爲店門口有一棵成爲店樹的山茶花，我一直以爲是因爲那棵樹，所以才取山茶花文具店這個名字。

「但是，現在得知了外祖母和美村先生的戀愛故事，而且美村先生又來自伊豆大島，就覺得也許是這樣外祖母才對山茶花有濃厚的感情。剛才看著車窗外的山茶花，我想到這件事。」

之前一直以爲，山茶花文具店店名的由來，單純只是因爲店門口有一棵山茶花樹，但事情或許沒有這麼簡單。

「那棵店樹的山茶花是什麼品種？」

「是開單層鮮紅色山茶花的日本山茶花。」

我回答。

「我的叔叔很聰明，什麼都自己動手做，有一段時間，很熱衷爲山茶花交配。」

「這樣啊。」

「山茶花的交配很簡單，能不斷交配出新品種。所以我在想，那棵山茶花可能是我叔叔專門爲了妳的外祖母交配出來的品種，山茶花靠扦插就可以種活。」

「如果眞的是這樣，那就太浪漫了。我記得外祖母曾經對我說，那棵山茶花是鎌倉元八幡神社的分株，搞不好也是爲了隱瞞和美村先生之間的事。」

「他們都已經離開人世，所以也無法向他們確認。但是，我們要不要就當作是這樣？」

「好啊，即使不知道眞相到底是怎樣，但我認爲就是這樣。」

我表示同意。

「到了。」

冬馬先生從環島道路進入岔路，然後把小貨車停在停車場。

「風很大，妳盡可能穿厚實一點。」

聽到冬馬先生這麼說，我穿上了最厚的衣服防寒，風呼呼的吹，像鞭子一樣打在身上。

想到山茶花爲我們擋住了強風，內心就湧起對山茶花的敬意。

我從旅行袋深處拿出裝了上代和美村先生情書的盒子抱在胸前。冬馬先生拎了一個大水桶。

我跟著冬馬先生走去海邊的沙灘，松樹下有一片開了黃色可愛小花的植物。

「這是金球菊，很可愛吧。」

我停下腳步，看著那片景象，冬馬先生告訴我花的名字。

冬馬先生牽著我往下走到海邊。漆黑的沙灘好像在夏威夷島。

「全都是三原山火山爆發時的噴出物，所以是黑色的。因爲是玄武岩，所以含有鐵的成分，可以被磁鐵吸起來。海龜會來這片沙灘產卵。」

「這片海灘叫什麼名字？」

我問。

「叫砂濱。」

冬馬先生告訴我。

「該不會是砂丘的砂，海濱的濱？」

我努力克制著內心的興奮說。

「對，就是砂濱。」

果然就是這裡。伊豆大島火山爆發時，上代擔心美村先生安危的信上，提到他們曾經一起在砂濱點了篝火。

「我去撿幾塊大石頭，鳩子小姐，可以請妳去撿一些點火的樹枝嗎？」

聽到冬馬先生的指示，我簡短地回答：「好。」

剛好是漲潮的時間，潮水漲了上來。

黑色的沙灘上，有許多圓形的石頭，後方是三原山的稜線。我原本以爲三原山更高，沒想到這麼低。

隔海看到的那些小島，不知道是什麼島？除了像三角形的Kiss巧克力形狀的小島，還有好幾座島連成一片。除了我和冬馬先生以外，周圍完全沒有人。

我慢慢走在沙灘上，撿了一些小樹枝。冬馬先生站的位置已經開始冒煙，太陽的位置比我剛到時更斜了。

「我再去撿一些。」

我把撿的小樹枝拿去冬馬先生那裡說。

「應該夠了。我們先來喝茶。」

冬馬先生從水桶裡拿出水壺，把茶色液體倒進紙杯。

「這是明日葉茶，不知道妳喜不喜歡。明日葉是島上的特產，請妳喝看看，據說有益身體健康。」

他給我一個顏色很漂亮的紙杯。

我道謝後接過杯子，喝了一口明日葉茶。熱茶的熱氣先療癒了我，像紅茶般獨特的味道又再次療癒了我。

「好喝，喝了身體很暖和。」

我用臉感受著熱氣說道。

「還有甜甜圈。」

我沒有理由拒絕，於是接受了冬馬先生的好意，接過甜甜圈。

咬了一口，令人懷念的味道立刻在嘴裡擴散，腦海中想起了和上代住在一起時，在老家客廳的景象。也許這個甜甜圈是手工製作的。

雖然我這麼想，但沒有說出口，繼續吃著甜甜圈。甜甜圈有淡淡的辛香料味道，搭配明日葉茶格外美味。

「我的外祖母似乎曾經和美村先生一起來過砂濱。」

我喝著明日葉茶，看著大海，終於等到機會和冬馬先生分享剛才的重大發現。

「在火山爆發時，外祖母曾經寫信給美村先生，雖然最後沒有寄出。她在信上提到，曾經在這片砂濱點了篝火。」

我和冬馬先生目前也在做相同的事。

「你要不要看那封信？」

我解開了包著盒子的方巾問冬馬先生。

「不，我不用。」

冬馬先生想了一下後，小聲地回答。我從方巾中拿出裝了情書的盒子，放在腿上。

「鳩子小姐，大島噴火的時候妳幾歲？」

「我查了一下，發現是在我出生的前一年。」

「這樣啊，我那時候年紀還很小，但隱約記得這件事。因爲叔叔一家人來東京避難時，曾經住在我們家。雖然已經是很久以前的事了。」

這代表冬馬先生年紀比我大。第一次在BunBun紅茶店見面時，我還以爲自己的年紀比較大。因爲他有一張娃娃臉，誤以爲他比我小。

「這樣啊，所以他們一家並不是一直都在運動中心避難。」

所以，即使上代鼓起勇氣去避難所的運動中心，想確認美村先生是否平安無事，也無法見到他。

「嬸嬸當時身體不太好，所以才會住在我家，但我的記憶有點模糊。因爲在運動中心，每個人的生活空間只有一張榻榻米大小，小孩子住在避難所，壓力也很大。」

冬馬先生向我說明了粗略的情況。

「你叔叔是什麼樣的人？」

既然是上代用整個人生所愛的人，我想多了解一下他到底是什麼樣的人。

「他心地很善良，當針對全島居民發出避難指示時，叔叔家養了牛，那是他的寵物，所以在全島避難時，他不捨得把牛留在島上不顧，所以一直堅持到最後。聽說他住在我家的時候，也經常想起之前飼養的牛，忍不住流眼淚。」

「我的外祖母在信上也提到了牛的事。」

「島上除了貓狗以外，也有很多牛。現在也一樣，島上的居民把這些動物當成孩子般疼愛，這裡的人很有人情味，都很有愛心。所以我相信叔叔當時應該很痛苦。雖然有消防人員留在島上巡邏，答應會餵飼料，但恐怕很難照顧到所有的動物。叔叔之前每天都會對那頭牛說話，還會帶牠去散步，很用心地照顧。

「我猜想當時應該有很多動物最後失蹤，或是失去了生命。之前島上還養了馬，可以帶觀光客上三原山，但後來擔心火山再次爆發，繼續飼養就未免太可憐了。」

「發生這種事眞的很令人難過。」

每當發生巨大災害時，就有人因爲無法帶著寵物一起避難，所以選擇留在家中。

「但是，在不知道火山什麼時候會爆發的島上生活，不會感到害怕嗎？」

我問冬馬先生。

「島外的人似乎都很害怕火山爆發，但是島上的居民並不會害怕。因爲火山每隔三十五年到四十年定期爆發一次，可以在某種程度上預測。或者說，火山爆發已經成爲生活的一部分。島上的居民也稱火山灰爲御灰。」

「御灰這個名字太厲害了。」

冬馬先生聽了我的話，深深點點頭：

「雖然火山爆發的確會把房屋吞噬，破壞重要的財產，甚至可能會奪走生命，但是如果害怕火山爆發，就無法在這裡生活。所以，我反而從正面的角度思考火山爆發這件事。」

「正面理解？」

「對，因爲每隔四十年，植物的世界就會被摧毀。一旦岩漿流下來，那些生長在這片土地上的植物不是都會遭到摧毀嗎？但是植物很厲害，在岩漿的台地上春風吹又生。植物完全重啓，新的世界又在這片土地上誕生。我覺得實在太厲害了。

「也許是因爲我搬來這裡生活之後，還沒有遭遇過大型的火山爆發，所以才說得出這些話。但是，我偶爾去樹海之森冥想時，能更深切感受到這件事。

「人生在世，有時候不是會很想將人生完全歸零、一切從零開始，重啓人生嗎？但是，人類往往沒有勇氣，無法眞的付諸行動，然而大自然輕鬆自如地完成了這件事。所以，我也很尊敬三原山。」

冬馬先生充滿熱忱地說。

「有樹海之森這個地方嗎？」

「是啊，江戶時代火山爆發時，岩漿覆蓋了大地，之後又長出植物，如今那裡是一片森林。我很喜歡那裡，就在妳今晚住宿的飯店附近。」

「我也想去看一看。」

我對他說。既然是冬馬先生喜歡的地方，我更加好奇了。

冬馬先生和我說話時，手也沒有停下來，持續調整著火勢。

起初只是冒著小火苗，如今已經升起了火柱。

在篝火旁感覺很暖和，剛才一度變冷的身體又恢復了溫暖。

「當地人都說三原山是御神火神明，就是火的神明。」

上代和美村先生的信中也曾經提到御神火神明。

「差不多可以開始了？」

我問。太陽的位置已經很接近海平面。

我打開盒蓋，把裝了情書的盒子放在我和冬馬先生中間。最上面的就是上代最後寫的、美村先生再也無法看到的那封信。

「那就從最上面的開始。」

我在說話的同時，把上代寫的人生最後一封情書放進火裡。

情書在我和冬馬先生面前扭動身體，不斷改變形象。上代寫的每一個字、每一句話，都飄向伊豆大島的天空。

接著輪到冬馬先生。冬馬先生粗獷的手指拿起了美村先生寫給上代的明信片，但遲遲點不著火。

我想起我並沒有參加上代的葬禮。聽壽司子姨婆說，當初沒有舉辦大規模的葬禮，而是只有家人參加的家族追思，但是，我沒有趕去參加。

如果我能在上代活著的時候去醫院探望她，說幾句深情的話，無論是上代和我的人生，應該都會有不同的結果。

但是，我無論如何都無法去見上代。我沒有勇氣，然後就和她天人永隔了。

所以，我覺得此時此刻，正是我和上代告別的儀式。

冬馬先生剛才說到重啓人生，我也許正在砂濱這裡，重啓和上代之間的關係。

「她的字眞好看。」

冬馬先生注視著上代寫在信封上的地址和姓名，發出了感嘆。

「對我來說，她眞的很偉大。」

我們兩個人分別拿著最後一張的左右兩端，放進火中。那是美村先生寫給上代的明信片。

「我終於稍微放下肩上的擔子。」

我看著被火焰包圍的明信片說。

「是啊，如此一來，當我們也離開這個世界，這場山茶花之戀就永遠埋葬了。」

我聽著冬馬先生說的話，喝完了紙杯中的最後一口明日葉茶。

冬馬先生繼續說：

「小時候，我經常來這片沙灘的海水浴場，每年夏天，我就獨自搭船來到伊豆大島，住在叔叔家。因爲暑假能夠來伊豆大島，我才能勉強維持身心的平衡。」

「所以對你來說，伊豆大島就像是你的故鄉。」

在充滿大自然的島上度過夏天，簡直太令人羡慕了。

「雖然我有點忘記是不是在火山爆發後，叔叔一家人來我們家避難之後才開始，但叔叔很喜歡我，也很照顧我。我也很喜歡叔叔。

「在發現這些寫了『最高機密』的信封之前，我做夢都沒想到，叔叔的內心竟然有一個心愛的人。但是，我覺得叔叔也許希望別人知道這件事，所以我也覺得卸下了肩上的擔子。謝謝妳特地來島上。」

冬馬先生果然和我有相同的想法。他們一定希望我們知道，他們曾經如此相愛。我認爲絕對是這樣。

夕陽隨時都會沉入海中，我和冬馬先生一起看著夕陽沉落的最後瞬間。

當太陽從天空中消失後，風突然變冷了。我把雙手放在餘燼上取暖。

「明天妳搭船回去之前，先去波治加麻神社，向神明報告順利完成了書信供養。因爲那是叔叔出生地的神社。」

我記得上代在信中也曾經提到波治加麻神社，只是現在已經無法確認。書信供養的火幾乎已經熄滅了。

冬馬先生站了起來，我也緩緩起身。雖然雙腳不停地陷進沙子，但我們一步一步走在漆黑的沙灘上，走過了小丘。

「妳訂的飯店有附晚餐嗎？」

冬馬先生邊走邊問。

「我只訂了早餐。」

我回答說。因爲難得來伊豆大島旅行，我原本打算晚上和QP在街上逛逛，找一家好吃的餐廳吃晚餐。

「既然這樣，要不要來我家？雖然只是家常菜。島上很少有餐廳晚上還在營業。」

「可以嗎？謝謝。」

我內心正在煩惱晚餐要吃什麼。冬馬先生說的沒錯，我發現島上沒什麼可以簡單吃晚餐的地方，所以他的提議正合我意。

冬馬先生的左手無名指戴著結婚戒指，一定是他太太下廚做晚餐。以冬馬先生的年紀，即使有小孩也不會讓人感到意外，晚餐應該會很熱鬧。

太陽下山之後，沒多久天就黑了。鎌倉的夜晚也很黑，但伊豆大島的夜晚更加、更加漆黑。

回程的路上，我和冬馬先生沒有說太多話，我相信我們都沉浸在書信供養的餘韻中。但並不是令人不舒服的安靜，而是一種近似默禱，令人感到舒服的沉默時間。

星星已經在天空中閃爍。

我突然想起以前芭芭拉夫人向我傳授過可以爲人帶來幸福的閃閃發亮魔咒。我閉上了眼睛，在心裡默唸著「閃閃發亮、閃閃發亮」。

心靈的天空出現了無數的星星，然後慢慢睜開眼睛。

小貨車從環島道路駛入了通往山上的小路。雖然因爲天色太暗，所以看不太清楚，但所有房子周圍都是山茶花樹籬。紅色和粉紅色的山茶花在黑暗中看不太清楚，只有白色花瓣的山茶花浮現在黑暗中。

「對了，樹齡八百年的山茶花在哪裡？」

如果在飯店附近，我打算去拜訪，沒想到冬馬先生露出帶著歉意的表情。

「之前颱風時被吹倒了，目前只剩下樹根和少許樹幹而已。」

他深感抱歉地嘀咕，又對我說：

「目前島上最古老的樹是被認爲樹齡有三百年的仙壽山茶花，妳明天要不要去看一下？」

聽了冬馬先生的提議，我笑著點了點頭。

但是，想到上代曾經看過的樹齡八百年的山茶花已經從這個世界消失，就忍不住感到難過。上代和美村先生一起看過那棵雄偉的山茶花太幸運了，因爲只有同時活在同樣的時光，才有辦法看到。

「就是這裡。」

小貨車停在一棟民宅的屋簷前，冬馬先生打開了駕駛座的車門。這棟房子的院子當然也種了山茶花。我看著樹冠上綻放的山茶花。

「這是我叔叔爲山茶花交配後種的。」

冬馬先生把小貨車車斗上的水桶拿下來時告訴我。

「我回來了。」

「回來啦。」

屋內響起一個低沉的男人聲音。

說話的人是他兒子嗎？沒想到他兒子這麼大了。我正這麼想時，出來迎接的是一個和冬馬先生差不多高、一看就是外國人的男人。

「這是我的另一半十夢（Tom），這位是從鎌倉來的鳩子小姐。她今晚和我們一起吃飯。」

冬馬先生說完這句話，就拎著水桶走進屋內。

該不會就是那樣吧？

伴侶並不一定是異性。我為自己一度幻想和冬馬先生陷入戀愛而羞紅了臉。

「歡迎歡迎，外面很冷，請進來吧。冬馬帶客人回來簡直太難得一見了，今天是個特別的日子。」

十夢用開朗的聲音迎接我。雖然他說話的聲調有點不太一樣，但日文完全沒問題，如果不是他站在我面前，完全不覺得自己在和外國人說話。

這棟老舊民宅雖然有很多地方整修過，但柱子很粗，天花板也很高，有一種受到保護的安心感。

十夢是二十九歲的葡萄牙人，當初看了宮崎駿的動畫，對日本產生興趣，然後學習劍道，自學了日文。他穿著的藍色T恤，胸前縫著寫了「十夢」的布。我目不轉睛地看著那兩個字。

「我超愛夏目漱石老師，《夢十夜》這部作品太厲害了。」

十夢一雙漆黑的眼睛炯炯有神，在胸前握著雙手說。

「不久之前，我看了《草枕》。」

我對他說。

「喔，《草枕》也很出色，但《夢十夜》還是最厲害。有可以和我聊夏目老師的客人來家裡，我眞是太高興了。冬馬向來不看書。這座島上的書店倒閉了，眞是太遺憾了。我每次去東京，一定會去書店，然後買很多書回來。」

十夢可能對有機會和冬馬先生以外的人說話感到高興，用好像機關槍的速度和我說話。

我和十夢站在原地說話，冬馬先生換了連帽衫和運動褲走了回來。

「啤酒。」

冬馬先生只對十夢說了這句話，就一屁股坐在沙發上。原來他在十夢面前是十足的大男人。

十夢向我使了一個眼色，小聲對我咬耳朵說：

「冬馬喜歡擺架子，但這是他在撒嬌。」

冬馬先生目前的態度和我單獨在一起時完全不一樣，但我知道這都是因爲十夢用滿滿的愛包容他，讓他能夠任性地做自己。我也在冬馬先生對面的座墊上坐了下來。只有間接照明的空間讓人心情很放鬆，他們的愛巢內到處都是各種漂亮的擺設和照片，好像一間時尚酒吧。矮桌上的小杯子中，插了一枝含苞待放、鮮豔的粉紅色山茶花。

我和冬馬先生用啤酒乾杯，十夢剛好用托盤端了小碗裝的菜進來。

「這是明日葉炒海苔，趁熱吃吧！」

十夢把三副筷子和三個筷架放在桌子上，開心地說。

「這裡就是美村先生以前住的房子嗎？」

我打量著房子，問冬馬先生。

「他年輕時和家人一起住在其他地方，這裡是他晚年一個人住的房子。」

我聽著冬馬先生說話，吃著明日葉炒海苔。明日葉有淡淡的苦味，海苔也有大海的香氣，味道很柔和。

「眞好吃。」

我大聲告訴正在後方廚房下廚的十夢。冬馬先生繼續說道：

「嬸嬸很早就去世了，我記得她死的時候不到六十歲，他們的孩子也都離開了島上。因爲以前全家人住在一起的房子太大了，叔叔就搬來這棟房子。那時候我也已經長大，沒有再來島上。我不是很了解當時的情況，那時候和叔叔之間也只是每年互寄賀年卡而已。所以我在想，如果叔叔有意願，完全可以和妳外祖母再婚。」

也許是我成爲這件事的障礙。

「美村先生是幾歲的時候去世的？」

冬馬先生聽了我的問題，抱著雙臂，閉上了眼睛。

「那是幾年前的事呢？我想不起明確的數字。雖然我一直叫他叔叔，但其實正確的關係更複雜，反正就是遠房親戚。」

「但是，他們最後並沒有選擇在一起。美村先生在伊豆大島生活，我的外祖母一直住在鎌倉，他們到底是在哪裡認識的呢？」

我問了一直以來，都感到好奇的疑問。

「和島上大部分人一樣，叔叔年輕時也曾經離開島上十年左右，當時在東京生活，所以也許是那個時候認識了點心子女士。」

冬馬先生一口接一口喝著啤酒，然後把罐中最後的啤酒倒進了自己的杯子。

「燒酒！」

冬馬先生又對十夢大叫了一聲。但十夢完全不在意冬馬先生這種態度，語氣溫柔地問：

「要加熱水喝？還是加冰塊？」

「冰塊。」

冬馬先生以一臉大老爺般跋扈的表情回答。我覺得冬馬先生的臉好像天狗。

冬馬先生在十夢面前虛張聲勢的樣子很可愛，我相信他這種態度也發揮了潤滑劑的功能，維持他們之間的協調關係。

這時，十夢問我：

「鳩子小姐，妳敢吃臭魚乾嗎？」

「臭魚乾？」

我有點不安地重複了一次。

我之前不止一次聽說，臭魚乾的臭味很強烈，所以大致了解，也知道臭魚乾的製作很費工，但以前從來沒吃過。

「我可能從來沒吃過。島上的居民都敢吃嗎？」

我反問道。

「吃啊，可以配飯，也可以當下酒菜，無論日常飲食還是婚喪喜慶，都無法想像沒有臭魚乾這道菜。」

冬馬先生語帶興奮地大力推薦。

「既然這樣，妳要不要吃看看？我一開始也不太敢吃，但後來覺得和起司一樣，就敢吃了。」

十夢說。

「竹筴魚和飛魚都要。」

冬馬先生又用命令的語氣對十夢說。我聽著他們的對話，覺得很有趣。

在我喝完啤酒後，十夢拿了兩個喝燒酒的杯子過來。

「鳩子小姐，妳也喝加冰塊的嗎？」

冬馬先生打開燒酒時問我。我覺得入境要隨俗，於是點了點頭。

「這種燒酒和臭魚乾太搭了。」

冬馬先生雙眼發亮。

「他正在向島上的大叔學習燒製木炭。」

冬馬先生滿臉幸福地喝了第一口燒酒後，露出好像花苞綻放般的笑容告訴我。

「燒製木炭？」

我對燒製木炭不太了解。

「伊豆大島從很久以前就開始燒製木炭。江戶時代，燒炭職人從山形縣來到島上，於是島上的居民也學會了燒炭的技術，而且島上有可以用來製炭的山茶花樹。這個裝燒酒的杯子，就是我用山茶花樹的炭灰作爲釉藥做的。」

「啊？這個嗎？」

酒杯握在手上的感覺很順手，剛才一拿在手上就立刻愛上了。

「好厲害，這個杯子很棒，拿在手上有一種安心的感覺。這種手感會讓人想要一直拿著。」

「我製作的陶器還有很大的進步空間。」

我做夢也沒有想到，製作杯子的人就在眼前。

冬馬先生謙虛地說，但他已經建立了自己的世界。我知道這件事之後再度拿起杯子，覺得燒酒比剛才更好喝了，杯口的部分也很柔順。

不一會兒，廚房深處傳來濃烈的臭味。該不會就是臭魚乾的味道？的確很臭。我努力讓意識遠離臭魚乾，不加思索地脫口問：

「你是在伊豆大島遇見十夢先生的嗎？」

問出口之後，才後悔自己問了蠢問題。既然已經開了口，只能繼續問下去，但是冬馬先生並不以爲意。

「搭汽船來這裡時，他剛好坐在我旁邊。」

冬馬先生輕鬆地回答，我聽了後大吃一驚：

「啊？你們就這樣交往了嗎？」

「對。」

冬馬先生再次若無其事地回答，我忍不住有點激動，這簡直是命中註定的緣分。

「因爲我們很聊得來，於是就租了腳踏車環島一周，之後又一起爬了三原山。我那時候有點自暴自棄，甚至很想從三原山的火山口跳下去。」

冬馬先生用輕鬆的語氣說出令人驚訝的事實，他可能有點醉了。

「但是，聽說即使從火山口跳下去，中途也會卡在火山口的邊緣，結局會很慘。那裡根本沒辦法營救，所以跳下去的人求生不得，求死不能。想在三原山尋死也不是件容易的事，而且要到達火山口，還必須費一番工夫。」

「這樣啊。」

除此以外，我不知道該說什麼。這時，十夢搞笑地用嘴巴發出「鏘鏘」的音效，雙手端著大盤子出現了。

「這是用我燒製的木炭烤的伊豆大島特產臭魚乾，搭配冬馬親手燒出來的盤子。」

十夢滿臉得意的表情，把裝了臭魚乾的大盤子放在矮桌的正中央。臭魚乾旁放了一朵純白色的山茶花，我有一種似曾相識的感覺。

「請享用。」

十夢也拿著裝了柳丁汁的杯子，在矮桌旁坐了下來。三個人再次乾杯。

「他不會喝酒，所以等一下他會送妳去飯店。」

冬馬先生不知道什麼時候已經把杯子裡的燒酒喝完了，又爲自己倒了酒。

兩尾臭魚乾烤成漂亮的焦糖色，雖然看似平靜，但是只要吸一口氣，就會差點昏倒。

十夢俐落地用手爲我把臭魚乾撕成適當的大小。

我盡可能淺淺地呼吸，努力避免把臭魚乾的臭味吸進鼻子，戰戰兢兢地拿起筷子。如果現在不吃，有損於我身爲女人的名聲。我抱著代表所有女人的決心，把臭魚乾送進嘴裡。我先吃了招牌的竹筴魚。

咦？

爲了確認自己的味覺，我又夾了一塊臭魚乾送進嘴裡，專心咀嚼，確定了一件事。

「很好吃啊，配燒酒很美味。」

燒酒和臭魚乾簡直是完美結合。

「萬歲！」

十夢舉起了雙手，爲我第一次吃臭魚乾歡呼。

接著，我們三個人靜靜地吃著臭魚乾，連骨頭都不放過。

飛魚臭魚乾的味道也很濃醇，讓人欲罷不能，忍不住頻頻伸出筷子夾個不停。

「聽說是很厲害的健康食品。」

冬馬先生露出好像在稱讚自己孩子般的表情。

「我原本也不敢吃，記得有一天，叔叔做了臭魚乾茶泡飯給我吃，實在太好吃了，那天之後，我就愛上臭魚乾，幾乎每天吃，沒有一天不吃。」

「臭魚乾茶泡飯？」

「在白飯和臭魚乾上加一些海苔和五色小米果，最後再淋上綠茶。我也做了臭魚乾茶泡飯給他吃，他也慢慢喜歡了，對不對？」

冬馬先生把手放在十夢的頭上。

「鳩子小姐，妳要不要試試臭魚乾茶泡飯？」

十夢問。

「聽起來很好吃。」

我說。

十夢端著裝了臭魚乾的盤子，走回廚房。

「有什麼需要我幫忙的，請儘管告訴我！」

我對著十夢的背影大聲說道。十夢離開了矮桌，所以又剩下我和冬馬先生兩個人。

「火山爆發時，發出了全島避難的指示，很多用來製作臭魚乾的原汁臭魚汁都毀了。臭魚汁有生命，需要每天攪拌。臭魚汁也很敏感，如果不細心呵護，很容易壞掉。」

冬馬先生在整理桌上的小碗，同時說：

「一滴臭魚汁等於一滴血，眞的太可惜了，這麼一想，就很希望沒有發生火山爆發。」

「臭魚乾最初是怎麼做出來的？」

冬馬先生似乎很了解臭魚乾，所以我問了這個初階的問題。

「以前在這座島上，無論水和鹽都很珍貴，所以製作魚乾時醃漬用的鹽水也不會輕易丟棄，而是持續加鹽重複使用。鹽水經過長期發酵，就變成臭魚汁。臭魚汁並不是靠魚的內臟發酵，而是水、鹽在醃漬魚時，魚釋出的鮮美成分，所以實際舔臭魚汁，完全不會覺得鹹。

「在醫療還不發達的時代，曾經把臭魚汁當藥喝，或是塗抹在傷口上。我記得我受傷時，叔叔也曾經爲我塗抹了什麼東西，我想應該就是臭魚汁。聽說臭魚汁中含有天然抗生素。」

我發現自己在不知不覺中盤腿坐在座墊上，整個人完全放鬆了。

剛才一起分食了臭魚乾，讓我對冬馬先生和十夢產生了不可動搖的信任感，我猜想頭髮和衣服上都沾到臭魚乾的味道，但是我們三個人都吃了，所以沒必要在意臭味。

我突然想起了鎌倉的家人。不知道他們現在正在做什麼？

仔細想想，我發現已經很久沒有自我解放，只是單純地做自己了。

在鎌倉時，一下子是蜜朗的妻子、小孩子的母親，或是山茶花文具店的老闆，在不同的場合，分別扮演不同的角色。此時此刻，盤腿坐在這裡喝燒酒的我，不屬於以上任何的角色，就只是我自己，只是雨宮鳩子。

「讓妳久等了。」

十夢從廚房小跑著過來，把裝了臭魚乾茶泡飯的大碗放在我面前。

「我只裝了少許飯，如果妳還想多吃一點，儘管對我說，不必客氣。」

「咦？你們不吃嗎？」

我問。

「冬馬晚上不吃碳水化合物，我等一下要吃生雞蛋飯，是島上烏骨雞生下的蛋，超級好吃。」

十夢興奮地說。

我把湯匙放進熱騰騰的臭魚乾茶泡飯中。

先喝了一口湯。綠茶和臭魚乾的鮮美結合，美味得無與倫比。

我不發一語，專心地吃完茶泡飯。臭魚乾茶泡飯滋味極其濃厚，份量也剛好，我吃得精光。

「十夢，我們今天在砂濱吃的甜甜圈，該不會是你做的？」

我喝著飯後的明日葉茶，突然想到這件事。

「對，是我做的，但那是葡萄牙一種名叫 Sonhos 的甜點。」

「索紐？」

「對，在葡萄牙，那是聖誕節吃的甜點，冬馬很喜歡，所以我就每天做。」

十夢說。

「你哪有每天做！」

冬馬先生在絕妙的時間點插嘴說。

「嗯，說每天的確有點誇張，但每個星期至少會做一次。」

十夢說。

我全身徹底放鬆，很想就這樣躺在地上，但是，我還沒有去飯店辦理入住手續。我有點擔心，忍不住看了時鐘。

「差不多該送妳去飯店了吧？」

冬馬先生說。

「這裡由我來整理，十夢，你送鳩子小姐去飯店。」

冬馬從沙發上站起來對十夢說。

我慌忙整理東西，離開了他們家。

我再次坐在小貨車的副駕駛座上。

「那就明天見了，我中午左右去飯店接妳，請妳在大廳等我。」

我打開副駕駛座的車窗時，冬馬先生對我說。

我向冬馬先生和山茶花樹揮手道別。十夢駕駛的小貨車，衝破黑暗，朝向大海的方向前進。

十夢在開車時一直哼著歌，在不知道第幾次聽到副歌時，我突然想起一個畫面。

「我可能聽過這首歌。」

我的腦海中浮現上代的背影。上代心情好的時候，在晾衣服或是折衣服時都會哼這首歌。我想起了這件事。

「眞懷念啊。」

我說。

「都春美的歌。」

十夢說。

「豆莎山茶花是戀愛的花。」

「豆沙？」

應該不是餡蜜中的紅豆沙吧？我忍不住問。

「在島上，自古以來就稱少女爲豆莎，所以歌名就是少女山茶花是戀愛的花。妳就是鳩子豆莎，至於我……」

「十夢豆莎嗎？」

我問。

「那少男要怎麼說呢？」

我又繼續問。

「嗯。」十夢想了一下說：「克非好像不錯？豆沙和咖啡應該很搭。」

他信口開河。

「既然這樣，你和冬馬先生也像咖啡和豆沙一樣是完美搭配。」

我調侃道。

在國外流浪時，我曾經有幾個同性戀者友人，但是冬馬先生是我第一個認識的日本同性戀者。他們是很出色的伴侶，和他們在一起時，我的內心也跟著放鬆起來。

「你已經習慣島上的生活了嗎？」

我問。

「島上的生活很開心，但是也很辛苦。因爲有冬馬，所以應該算幸福美滿？」

十夢立刻在我面前曬起了恩愛。

除了認識冬馬先生，和十夢成爲朋友，也是上代帶給我的美好禮物。

「晚安。」

十夢送我到飯店門口，我們在車上擁抱道別。

我在飯店櫃檯辦理入住手續，走進房間，看到兩張並排的床，才想起原本打算和QP一起來這裡的事。

我忘了把雙人房改成單人房，所以房間顯得格外空蕩。雖然只有短暫片刻，但是我甚至忘記自己有小孩這件事。

啊～啊。

我也不知道自己發出「啊～啊」是什麼意思，但想要發出叫聲。我可以聞到自己身上有臭魚乾的味道，所以很想去洗乾淨，只是已經沒有力氣去泡澡了。

我喝醉了嗎？我用全身感受著舒服的睡意，閉上了眼睛。

上代和美村先生的言靈，現在不知道飄到宇宙哪個地方了。

隔天早上，我去了飯店的露天溫泉，一邊泡溫泉，一邊欣賞三原山雄偉的風景。因爲完全不覺得餓，所以就沒去吃早餐，然後把原本打算當點心帶在身上的小鳩豆樂放在口袋裡，出發去爬三原山。

冬馬先生昨天提到的樹海之森就在往三原山的途中，那裡的確是個適合用「樹海」兩個字形容的地方。

始於江戶時代一七七七年的火山爆發，岩漿流到三原山山麓一帶，將這一帶燒成了一片原野。經過兩百年的時間，又生長出一片森林。

所以，植物不是長在泥土上，而是在岩漿上紮根。因爲這個原因，樹木看起來就像是章魚腳般扭曲起伏。

可以感受到植物努力在地面紮根，努力生存。森林充滿了生命力，吹著清新的風。

但是，走出森林，來到登山道時，風景立刻變得不一樣了。放眼望去，一片被火山的噴出物覆蓋的荒涼景色，難以想像是世界的景象。

我充分理解了冬馬先生昨天說的「重啓」的意思。火山爆發奪走了所有植物的生命，但是，即使一次又一次被岩漿奪走生命，植物又在岩漿上發芽，在這片土地上努力生存。眼前的景象讓我充分感受到生存的殘酷。

強風和寒冷讓我有點意識不清。三原山只有七百五十八公尺的高度，但是我走了很久，山上的風景也完全沒有變化。地面都是像火山石般的碎石，每走一步，腳下就會打滑，很不好走，而且冷風無情地吹來。每當強風吹來，整個人都快被吹走。

原本打算沿著火山口，繞山頂一圈，最後只能放棄。在可以看到火山口的展望台，低頭看向三原山的半山腰。

如果不抓緊欄杆，就會害怕。雖然現在很平靜，但是想像這裡會噴出火焰、巨大的岩石和岩漿流出的景象，雙腿便忍不住發軟。地球的的確確「活著」。

據說在昭和時代尾聲火山爆發時，神奈川縣的高處都可以看到火焰，想必當時的火柱噴得很高，但島上的居民目前仍然在火山腳下淡淡地過著平靜的日常生活。

沿著山路而下，雄偉的富士山出現在正前方，和在鎌倉時，偶爾可以看到的富士山規模大不相同，整座山完全出現在眼前。

我情不自禁地合起雙手，對著富士山瞻拜，內心很希望ＱＰ也可以看到如此雄偉的富士山。

我再度頂著強風，忍受著寒冷下了山，回到飯店。

我在飯店的房間內喝著在商店買的明日葉茶，寫信給住在義大利的靜子女士。因爲我想和人分享自己在伊豆大島的事。我貼了航空信的郵票，請飯店櫃檯人員代我寄出。

正午過後，冬馬先生開著小貨車來飯店接我。離回去的船班還有兩個多小時，於是請冬馬先生帶我去看他昨天提到的那棵樹齡超過三百年的仙壽山茶花，然後在元町港的食堂吃了午餐，再去美村先生生前很喜歡的波治加麻神社。

「啊啊，原來這裡就是加麻神社。」

我站在和緩上坡道的參道前說。

通往森林深處的參道兩旁，整齊的杉樹筆直聳立。陽光照進樹梢間，好像聚光燈一樣照亮地面的苔蘚。

我一步一步緩慢走向神社深處的本殿，感受著地面的溫暖和柔軟。

杉樹就像連向天空的鋼琴線，觸摸樹梢，也許每一棵樹都會奏出不同的音色。

走在參道上，總覺得他們就在這裡。

雖然肉眼無法看到，也聽不到任何聲音，但我總覺得上代和美村先生的靈魂在樹木鬱鬱蒼蒼的神社院落某個地方。

那是一種溫馨的感覺，和可怕或是毛骨悚然的情緒完全相反，有一種令人莞爾的清新感。

這種感覺，很像是躺在上代的腿上睡午覺時猛然醒過來，但還有一半意識留在夢境的世界，在半夢半醒的狀態下看世界，全身好像披上了彩虹色的羽衣。

我很想長時間沉浸在這種感覺中，哪怕多一秒也好，所以放空了腦袋，仰望著天空走在參道上。我全身強烈感受著上代和美村先生此刻也深深相愛。

山羌打破了寂靜。一頭山羌突然出現在我面前，然後又颯爽地消失在樹林深處。伊豆大島上，有山羌從動物園逃出來後大量繁殖，破壞了農地，造成很多災情。鹿科的山羌雖然外形可愛，卻讓島民頭痛不已。

我和冬馬站在一起參拜，向神明報告順利完成了上代和美村先生的書信供養。波治加麻神社眞是一個舒服的地方，本殿後方是一片像叢林般的樹林。

「這裡有一種神祕感。」

我說。光是在這裡呼吸，心靈就得到洗滌，變得純潔透明。我在內心深處充分感受著很久以前上代也曾經來過這裡。

「我剛才覺得，也許妳也感覺到了。」

當我用力深呼吸時，聽到冬馬先生用委婉的語氣說。

「冬馬先生，你也是嗎？」

我揣測著冬馬先生話中的深奧含義，注視著他的眼睛。

「對，我在這方面向來比別人更敏感。人類總是認爲自己可以看到所有的事物，但其實所有電磁波頻率中，人類能夠看到的不到百分之一。聽覺也一樣，能夠聽到的也不到百分之一。也就是說，這個世界充滿了比我們能夠聽到、看到的，更多的顏色和聲音。」

所以我才無法看到上代和美村先生嗎？

那只是因爲我們能力的極限，所以看不到他們，但無法證明他們不在這裡。

我覺得冬馬先生明確說出了我內心模糊的感覺，頓時感到暢快無比。

「有道理，我剛才也覺得他們在這裡。」

冬馬先生聽到我這麼說，露出平靜的笑容點了點頭。

我們回到小貨車上，前往碼頭。雖然離汽船出發還有一點時間，但冬馬先生也有自己的事。時間還早，我也可以去禮品店逛一逛，或是去咖啡店喝杯咖啡。

我暗自如此盤算著，冬馬先生突然開口：

「鳩子小姐，我也可以委託妳代筆嗎？」

冬馬先生對我說，然後又立刻問：

「妳聽過毒親這個名詞嗎？也就是有毒的父母。」

我沒有吭氣，輕輕點了點頭。

「我的父母就是毒親。」

「兩個人都是嗎？」

我不知道該如何回答，所以問了這個問題。

我的母親女神巴巴應該也可以歸類爲毒親。這個世界上，有很多殘害兒女、有毒的父母，很多只是沒有浮上檯面而已，當事人沒有意識到自己是毒親。

「我眞的已經受夠他們。我希望他們不要再持續否定我的人生，催我趕快結婚，或是說想抱孫子。我的人生並不是爲了帶給他們幸福。」

冬馬先生最後氣呼呼地說。

「他們知道十夢的事嗎？」

爲了進一步了解情況，我向冬馬先生確認。

「我想他們應該也猜到我是這類型的人，但如果他們在我面前表現出失望的態度，或是對我破口大罵，甚至在我面前流淚，我也會覺得很煩，所以沒有出櫃。我想包括這件事在內，請妳爲我代筆，到時候即使和他們斷絕關係也無所謂。」

「可不可以告訴我關於你更詳細的情況？」

我對他說。雖然還必須視內容而定，但也許我有能力幫忙。

冬馬先生開始訴說他的父母是什麼樣的毒親，從小對他造成了多大的傷害。在他從少年成長爲青年的痛苦歲月中，每年夏天來伊豆大島的那段時間，成爲他喘息的機會。

冬馬先生一定具備了能夠回應父母過度期待的能力，至今爲止的人生前半段，他無視和抹煞了自己的眞心，努力扮演父母眼中理想兒子的角色。

但是，他已經忍無可忍。我知道目前聽到的聲音，是他的靈魂在吶喊，無法繼續回應父母的期待。

「我了解了。」

他希望我代筆，寫信告訴他父母，他是同性戀者，他要向父母出櫃。雖然這封信的難度很高，但我還是決定接受他的委託。

「我媽也是。」我對他說：「雖然我不太清楚能不能明確斷言她就是毒親，但是她完全放棄我，所以在成長過程中，我沒有受到她的影響。我是外祖母一手帶大的。」

「原來是點心子女士照顧妳長大。」

「對，所以再多的感謝，也不足以表達我內心對她的感激。但在外祖母生前，我對她的態度很惡劣。」

想起這件事，我的淚水忍不住在眼眶中打轉。

「無論是點心子女士，還是我的叔叔，他們一定很高興。」

冬馬先生握著方向盤，側臉在陽光照射下發光。

「是啊，我決定這麼想。」

我對他說，然後陷入了沉默。車子行駛在山茶花隧道中。

來到這裡才知道，伊豆大島到處都可以看到山茶花隧道。

原本以爲上代在信中提到的「山茶花隧道」是島上某個特別的地方，但是，只要小路兩旁的房子種植山茶花作爲樹籬，當這些山茶花長高之後，就形成了山茶花隧道。在伊豆大島，山茶花隧道是隨處可見的風景。

我怔怔地想著這些事，突然不加思索地大叫一聲：

「停車！」

因爲我剛才瞥到一個走在人行道上的少女，長得和ＱＰ一模一樣。

冬馬先生驚訝地踩了急煞車，幸好後方沒有其他車子。

「對不起，我看到一個很像我女兒的人。」我對他說：「可以請你停在這裡等我一下嗎？我馬上去確認。」

我下了小貨車，小跑回剛才經過的地方。無論怎麼看，那個人都是ＱＰ。

「ＱＰ！」

我大叫著。

「媽媽。」

ＱＰ滿臉驚訝地看著我。明明我才吃驚，但ＱＰ好像完全沒發現我的驚詫。

「妳怎麼會在這裡？」

我在馬路的另一側問她。

「因爲我昨天沒有趕上那班船，所以我就搭了晚上的輪船。因爲我想只要來到島上，就可以遇到妳。」

ＱＰ一派輕鬆地回答。

「妳爲什麼不和我聯絡？」

我差點生氣，但努力克制了自己的情緒。

「因爲我想給妳驚喜，我和爸爸聯絡了，爸爸也答應了。」

難怪我打電話給蜜朗時，他一直說「不必擔心，不會有事」。

我上當了。我在這麼想的同時，也對蜜朗溫柔的謊言和ＱＰ帶來的驚喜感到一絲高興。

眼前的ＱＰ完全沒有之前反抗的態度，讓我覺得很新鮮。

「所以妳一整晚都在輪船上嗎？妳一大早到這裡，剛才去了哪裡做什麼？」

我總覺得無法坦然接受這分驚喜，而且身爲母親，是否該嚴格管教一下女兒的行爲？我內心舉棋不定，大聲問馬路對面的ＱＰ。

我和ＱＰ說話時，冬馬先生倒車來到我們面前：

「先上車再說。」

冬馬先生似乎知道ＱＰ就是我女兒，他整理了車斗上的東西，騰出了可以坐的空間。

我不放心ＱＰ一個人坐車斗，所以也和她一起坐在那裡。雖然我不知道ＱＰ昨晚至今的所有情況，但她一個人順利來到伊豆大島，然後又遇到了我，只能說是奇蹟。

總之，我要先通知蜜朗，已經順利和ＱＰ見面，但是小貨車晃動得很厲害，遲遲無法在手機順利打字。不一會兒，小貨車就來到了岡田港。

「妳有什麼打算？」冬馬先生從駕駛座下來問我：「妳要搭下一班船嗎？」

但是，QP今天早上才剛到伊豆大島，如果現在就回去，未免太可憐了。

「妳覺得呢？」

我徵求QP的意見。

「我還想繼續留在島上。」

她說了理所當然的回答。我很高興她能夠明確表達自己的意見。

我也沒有理由急著趕回鎌倉，只要蜜朗能夠照顧好兩個小的，就沒有問題了。至於山茶花文具店，即使臨時多休息一天也不會有什麼問題。

我正在思考接下來該做的事，剛才聽了我們對話的冬馬先生委婉地說：

「如果妳們有需要，要不要我問一下朋友的民宿，今天晚上有沒有空房間？」

「拜託了！」

我還沒有開口，QP就搶先回答。

「那家民宿在波浮地區，是一家很有氣氛的民宿，而且價錢也不貴。」

幸虧冬馬先生立刻聯絡了民宿老闆，我們順利找到今晚睡覺的地方。

於是，我決定和QP兩個人在伊豆大島多住一天。

波浮地區位在島的南側，是沿海的小城鎮。波浮港以前是火山湖的天然港口，波浮地區也以波浮港爲中心繁榮起來，有許多船都在波浮港靠岸，爲地方帶來了財富和文化。

據說當時港口周圍有很多旅館，夜夜笙歌，爲城鎮帶來驚人的活力。這麼小的地方就有電影院和保齡球館，熱鬧程度可想而知，實在令人驚訝。

但是，今非昔比。如今已經完全看不到當年的繁榮影子，很多人都搬離，有很多空房子，當年熱鬧的商店街也空空蕩蕩，人影稀疏。

「感覺好像走進電影的布景。」

QP用相機接連拍下褪色的街道時幽幽地說。頭頂上陰沉的天空更增添了這樣的感覺。

雖然也可以說是充滿懷舊感，但更像鬼城。店家不知道有沒有在營業，房子也不知道是否有人居住。

所以，當我們找到一家咖啡店時，有一種找到寶藏的感覺。

QP先發現了那家店。她拚命向我招手，簡直就像是被釣起的魚在使勁甩著尾鰭。我走過去看，發現是一家氣氛很不錯的漂亮咖啡店，而且竟然有營業，招牌上寫著「Hav Cafe」的小字。

店內開著煤油暖爐，所以很溫暖。雖然月曆上已經算春天，但伊豆大島風很強，長時間在戶外逗留，會冷到骨子裡，走進溫暖的空間，身體彷彿慢慢融化了。

我和QP一起坐在可以看到廚房的吧檯前，看著菜單。老闆娘個性很爽朗，店內陳列著古董餐具和徽章，牆壁的一角貼著在世界各地拍的照片。

QP說她肚子餓，於是點了吐司披薩和歐蕾咖啡的套餐。我也有點餓，點了熱可可和馬芬蛋糕。這家咖啡店的麵包供應商是島上福利機構的烘焙坊，除此以外，還大量使用了大島奶油、大島牛奶等各種伊豆大島本地生產的食材，太令人高興了。

我喝了一口甜甜的可可，肩膀頓時放鬆了。雖然指尖還有點冰冷，但身體漸漸暖和起來。

不知道是因爲身體變得暖和，還是和QP順利在伊豆大島相遇的安心感，我有點想睡覺。我拚命忍著呵欠，看著窗外的小路。

窗外一片悠閒，宛如用慢動作看世界。

暖爐上搖曳的熱霧就像在跳夏威夷舞，我依次回想著昨天至今發生的事，覺得自己好像光著腳，走在漫長的夢境中。此時此刻，夢境仍在繼續。

「媽媽。」

坐在我旁邊的QP叫了我一聲，猛然回過神，轉頭看著她。聽到她用無憂無慮的聲音叫我媽媽，我再次感到幸福。我剛才可能眞的睡著了，雖然只是很短暫的片刻。

「吐司披薩很好吃，妳要不要試試？」

「謝謝。」

我回答時，覺得自己好像才是QP的女兒。QP「啊」地張大了嘴巴，把吐司披薩塞到我嘴邊。

原來她是這個意思。我立刻張大嘴巴，讓她把吐司披薩塞進我嘴裡。雖然一口的份量有點多，我花了很長時間慢慢咀嚼，她用相機拍下了我的側臉。

「妳看起來就像在吃飼料的松鼠，我要寄給爸爸看。」

QP看著那張我正在咀嚼的照片，呵呵呵呵地笑了起來。

看著低頭操作手機的QP，千頭萬緒突然湧上心頭。

遇見QP至今的歲月就像流星雨一樣，帶著美麗的星光，飛過我的腦海。

這並不是妳第一次餵我吃東西，其實是第二次。我既想告訴她這件事，但又想藏在心裡，作爲我珍藏的祕密。

我終於把吐司披薩吞了下去，喝著還剩下半杯的可可。

大島牛奶就像是春天的微風般清爽清淡，完全不會造成腸胃的負擔。平時只要多喝幾口牛奶，我的肚子就會咕嚕咕嚕叫不停，但喝大島牛奶完全不會有這種情況，實在太不可思議了。

我和老闆娘分享了這件事。

「我也是來到這座島上，喝了大島牛奶後才知道，原來健康的牛分泌的牛奶是這樣的味道。」

老闆娘興奮地告訴我：

「伊豆大島以前的酪農業很發達，被稱爲是東洋的荷斯登島。」

老闆娘告訴我，牛的體溫很高，不耐熱，所以爲牛降溫很重要。伊豆大島一年四季都有海風，四周被大海環繞，風土氣候條件很適合酪農業。

「聽說島上的居民以前都會在家裡養牛，還會牽著牛去海邊散步。因爲只要去海邊，就可以攝取含有礦物質的鹽分，那裡也有草。就是這個。」

老闆娘從冰箱裡拿出大島牛奶的紙盒出示在我面前，上面用可愛的風格，畫了冒著煙的三原山和山茶花的插圖。

我立刻愛上大島牛奶。如果家中冰箱有這款包裝的牛奶，每次看到心情一定會感到平靜。

「大島牛奶之前曾經因爲公司經營困難，一度面臨存亡的危機，但本地的有志之士認爲絕對不能讓大島牛奶倒閉，挺身大力協助，所以至今仍然持續生產。大島牛奶是島民的驕傲。」

老闆娘身後的玻璃窗被風吹得嘎答嘎答作響，我覺得和山茶花文具店的聲音一模一樣。QP從剛才就專心地看著店裡的伊豆大島導覽書。

因爲店裡有很多客人，所以我們吃完就離開了，漫無目的地在附近散步。

我走在路上時，在我身後邊走邊拍照的QP開口：

「明天啊……」

「什麼？」

我轉頭看著她。

「明天回去之前，我想去看馬。可以嗎？」

QP注視著我的眼睛問。

「馬？」

「對，就是馬。我剛才看到導覽書上介紹，島上有一個馬匹療癒的地方，可以讓人餵馬。」

QP突然提到馬，我一時搞不懂她和馬有什麼關係。

但是，她的眼神太純眞，就像馬的眼睛一樣清澈，於是我簡短地回答：「好啊。」

接著，我們又在島上悠閒地散步。

在參觀建於明治時代的船東豪宅時，終於有機會想像這裡當年的繁榮景象。圍牆使用了遠從栃木縣運來的大谷石，石造的兩層樓房的牆壁，是用灰泥將四角平瓦的邊封起來的海鼠壁。大門很氣派，占地面積也很大，一看就知道是極盡奢華的房子。

脫了鞋子，走進豪宅內靜靜地參觀，突然聽到QP叫我：

「媽媽，我看到超驚人的東西！妳過來一下。」

QP似乎很興奮。

「妳看到什麼？」

我根據聲音傳來的方向，走去她所在的地方。

「妳不覺得這個廁所很驚人嗎？」

日式馬桶上，用藍色的筆畫滿了美麗的碎花圖案。我以前的確從來沒有看過這樣的廁所，簡直就是藝術作品。男廁也一樣，直筒形的小便斗上也畫了滿滿的花。

我和QP站在那裡，看著馬桶出了神。這間廁所太性感了。如果是我，可能會捨不得糟蹋，然後忍著不上廁所。

當年，穿著漂亮和服的舞孃一定每天晚上都聚集在這裡，盛情款待從波濤洶湧的海上回到陸地，難掩興奮的船員。

剛才的解說牌上寫著，川端康成寫的《伊豆的舞孃》就是以實際存在的波浮舞孃作爲創作原型。我忍不住想像，也許那個成爲創作原型的人，也曾經使用過這間廁所。

院子裡開滿了粉紅色的山茶花。

來到戶外時，似乎可以聽到海風帶來了當時的熱鬧氣氛。

舞孃坡風光明媚，總共有兩百四十級陡峭的階梯，連結了波浮港和位在高台的聚落。松樹等樹梢的下方，都是藍色屋頂的民宅，再下方是船隻停泊的港口，景色格外優美。

這樣的景色不管看幾次，仍然會有心動的感覺，走在路上，就忍不住想要哼歌。以前似乎有很多文人墨客造訪波浮港，舞孃坡上有許多刻了和歌的石碑。

我們先回到民宿，辦理了入住手續。

民宿老闆爲我們保留了最後一個房間，那是雙人床的房間。我爲此感到有點失措，但立刻接受。

這也許是神明和上代巧妙的安排。

因爲如果不是這種情況，根本不可能和即將成爲高中生的女兒一起睡在雙人床上。

QP搭了一整晚的輪船，所以似乎累壞了。民宿的人一離開，她就在床的中央躺成了大字。

我在一旁整理行李。因爲原本只打算住一晚，所以已經沒有換洗的衣服，但身上的衣服不太髒，晚上只要洗一下內衣褲晾乾，應該就沒有太大的問題。

QP閉著眼睛，睡得很舒服，我也忍不住想要躺下來。

我繞到雙人床的另一側，睡在QP的身旁。QP稍微移動了身體，爲我騰出了空間。

我覺得好像和QP一起坐在竹筏上吹風。光粒在天花板飛舞。

但是，即使我閉上眼睛，睡意遲遲沒有出現。因爲最近都不可能在這個時間睡午覺，或者該說是傍晚覺，所以大腦強烈拒絕睡眠。我閒著無聊，鼓起勇氣向QP提議：

「我幫妳按摩。」

QP不知道嘟噥了什麼，翻身趴在床上。

我坐起來，跨過QP的身體，手掌放在她的背上。

我閉上眼睛，豎起耳朵，靜靜地傾聽QP身體的聲音。

有時候肩膀痠痛嚴重時，會請附近的整復師爲我放鬆身體。我模仿整復師的做法，手掌向外推，在她背上緩緩畫圓，按摩她整個後背。

原本以爲她這麼年輕，身體應該很鬆弛，沒想到完全錯了。我驚訝地發現，她的身體各處都很僵硬，簡直就像上了年紀的老婆婆。

「這位客人，妳的身體很緊繃，是因爲工作很忙嗎？也許是因爲眼睛太疲勞的關係。」

我爲她脖子後方硬得像石頭的位置用力按摩，假裝是按摩師和她聊天。

「因爲我忙著讀書考高中。」

QP小聲說。她的腰部周圍摸起來冰冰的。

「這位客人，身體虛冷會影響健康，妳還年輕，最好記得使用肚圍保暖。」

我仔細爲她揉腰部時說。她以前讀小學時，身體瘦得像根火柴，最近漸漸長了肉，慢慢有了女性特有的曲線。

「妳的月經正常嗎？」

我用手肘按壓她臀部深處時問。ＱＰ的初潮是在中學一年級的初夏。

「生理期的時候會肚子痛嗎？」

「偶爾會很不舒服，但現在慢慢好了。」

如果不是在這種情況下，不可能和ＱＰ好好聊婦科問題。

「這位客人，妳不要太累了。如果眞的不舒服，可以向老師請假休息，生理期並不是什麼難爲情的事。」

我對ＱＰ說，然後發現這是從母親的角度才會說的話。

我愛上了和ＱＰ之間這種像動物親子般嬉戲的時間。光是擁有這樣的時間，在伊豆大島多住一晚就値得了。

我在最後爲她按摩腳底時，她叫了起來：

「好痛、好痛、好痛！按輕一點嘛。」

她用極其不悅的聲音叫了起來。

「妳會感覺痛，就代表那裡氣血不通。妳稍微忍耐一下，等一下就會覺得通體舒暢了。」

我在說話的同時，再次用力按ＱＰ左腳大拇趾旁的穴道。

ＱＰ的嘴裡發出聲音，抬頭一看，發現她流下眼淚。

「有這麼痛嗎？」

我裝傻問道。

「痛死我了！我不要按了，換我幫妳按。」

QP說完，坐了起來，趴著移動到我的腳邊。

「請手下留情。」

我說。

但是QP的按摩完全稱不上是腳底按摩，根本是酷刑。我痛得滿身大汗，立刻向她投降，結束了按摩時間。

因為流了汗，很想換衣服，但我已經沒有衣服可換了。QP借了一件她帶來當睡衣的粉紅色長袖舊T恤給我，穿上後發現完全不適合我，但至少不必再穿已經被汗水濕透的衣服。我在外面穿了一件開襟衫，做了出門的準備。

我和QP在雙人床玩按摩遊戲時，太陽已經下山。我們都穿上厚衣才出門。

「要去哪裡呢？有兩個選項。」

走在漆黑的路上時，我對QP說。

雖然夜幕才剛降臨，但天空中已經有星星在閃爍。果然只有在伊豆大島的天空，才能看到意志如此堅強的光芒。

「媽媽，妳想去哪一家呢？」

QP反問我，我想了一下，抬頭看著夜空回答說：

「拉麵店。」

白天去的那家咖啡店的老闆娘告訴我們，晚上要在這附近吃晚餐，只有拉麵店和壽司店兩種選擇。

「大人，您的意下如何？」

我搞笑地問QP。

「老夫想吃壽司，想試試鱉甲握壽司。」

QP也配合我，搞笑地回答。

「嗯，這就傷腦筋了，那我們猜拳決定。」

我想了一下後提議。吃壽司當然也可以，問題是要走下舞孃坡，才能走到壽司店。走下坡是無所謂，問題是回程太辛苦，而且我現在很想喝熱湯。從剛才開始，腦袋裡就一直響起在拉麵店點餐的聲音。

「幾次決勝負？」

QP問。

「三次怎麼樣？」

我回答。

「不，就一次定勝負。」

QP說。

「沒問題，那就一次定勝負。」

於是，我們用猜拳決定今晚的晚餐。

「剪刀石頭布！」

「石頭布！」

「石頭布！」

母女兩個人在空無一人的夜晚街頭，認眞猜拳比輸贏。

因爲我們都出相同的手勢，遲遲無法定出勝負，在第四次時，才終於有了結果。我出了拳頭，QP比出剪刀。

「太棒了！今天晚上吃拉麵！」

我在黑暗中做出勝利的姿勢，完全不像大人。然後趁亂挽起QP的手臂，就這樣挽著手，一起走向不遠處的拉麵店。這個充滿慈愛的夜晚，一切都如此美好。

那是一家隨處可見的普通拉麵店，但是拉麵的味道簡直一絕。我和QP都忘我地吃著拉麵。

「超好吃。」

鑽過拉麵店的紅色短門簾，一走出店外，QP就叫了起來。店裡的人應該都聽到她的聲音。

「太美味了。」

美味的餘韻好像絨毛般在身體內飄來飄去。

QP點的鹽味海苔拉麵，和我點的蛤蜊高湯懷舊中華拉麵，還有餃子、小碗的豬肉丼，都是令人安心的味道，我的胃還在高興得手舞足蹈。

「雖然妳原本想吃壽司，但今晚吃拉麵才是最正確的決定，對不對？」

我瞥著QP一臉滿足的表情說。

「通常遇到這種情況，媽媽不是會以女兒的意見爲優先，猜拳故意輸掉嗎？」

QP噘著嘴說。

「如果是小梅或蓮太朗，我或許會這麼做，但妳已經是大人了。」

我裝沒事般地回答。

今天和QP兩個人單獨相處後，我深刻體會到，QP已經不是小孩子了，而且我也希望QP了解，如果不認眞比賽，就失去了比賽的意義。

我總覺得夜晚就這樣結束很可惜，於是在回民宿的路上，走進一家剛才經過時，就很好奇的商店買宵夜。然後趁QP專心找零食時，把瓶裝的酒塞進購物籃。

等QP睡著之後，看著她熟睡的臉龐當下酒菜，慢慢喝餐後酒也不錯。因爲沒有任何甜點，於是就拿了一包地瓜乾放進籃子。

收銀台旁有新鮮的明日葉，雖然很想買回去當伴手禮，也讓蜜朗、蓮太朗和小梅嚐一嚐，但不知道明天是否還能保持新鮮，只能含淚放棄。

我有一種好像在這座島上住了一星期的感覺。結完帳後，我們繞遠路回到民宿。島上一片靜謐，滿足的時光靜靜流逝。

這家民宿的浴室和盥洗室和其他客人共用，QP先去沖澡。她說今天早上，輪船抵達之後，她就在港口旁的天然溫泉泡澡泡到膩了，所以現在只要沖一下澡就夠了。

我趁她洗澡的時候，打開了剛才在商店買的蘋果酒蓋子，倒在房間內附的杯子裡，獨自乾了杯。

喝了一會兒，感覺醉意支配了全身。中途打開當作甜點買回來的地瓜乾袋子，咬著地瓜乾配蘋果酒，想著昨晚請我吃飯的冬馬先生和十夢這對恩愛的情侶，不知道今晚吃什麼。

我在不知不覺中走到床邊，鑽進了被子。可能剛才喝蘋果酒的速度太快。我不能就這樣上床睡覺，要去刷牙，還要洗臉。我像在唸咒語般唸唸有詞，但身體漸漸沉入睡眠，無法再起床了。

中途聽到QP回房間的動靜，我醒了過來。雖然醒來，但還是無法起床。

「媽媽，妳睡著了嗎？」

我一時無法發出聲音，房間內陷入了幾秒的沉默。

「謝謝妳當我的媽媽。」

QP小聲呢喃著。

QP可能以爲我睡著了，以爲我聽不到，所以才放心說這句話。

我用力閉著眼睛，努力忍著不讓淚水流下來。因爲我一旦開口說話，就會玷污QP的溫柔。我還不是出色的媽媽，無法在這種時候說出貼心的回答。

雖然我比QP更早來到這個世界，並成爲她的媽媽，但絕對不代表我在所有方面都比她優秀。

QP有很多比我優秀的地方，她有時候也成爲我的老師。

所以，我只能保持沉默，但眼淚仍然從眼瞼縫隙中流了出來。

黎明時分，我做了一個很愉快的夢。

上代、我，和QP三個人一起泡澡。

水面上是五顏六色、滿滿的山茶花瓣。因爲浴池很小，所以上代坐在最下面，我坐在上代身上，然後QP坐在我身上，三個裸體的女人好像疊羅漢一樣抱在一起。

泡澡很舒服，而且上代從中途開始表演落語[1]，眞的是奇怪的夢。我和QP都張開雙腿捧腹大笑，只有坐在最下面的上代一臉認眞地表演落語。

所以，當我睜開眼睛時，看到QP的臉出現在眼前，頓時陷入了混亂。

我一時搞不清楚自己在哪裡。

因爲我覺得自己不可能和QP睡在同一張床上，我忍不住懷疑，該不會剛才三個人一起泡澡的情景才是現實？

但是，我慢慢想起來了。

昨天，我在島上偶然遇到了QP，然後坐在冬馬先生的小貨車上。之後發生的事，就像漫畫一樣，一頁一頁浮現在我的腦海中。

而且，在那之前，我還和冬馬先生一起在砂濱供養了上代和美村先生的情書。

我在這座島上度過了濃密的時光。

QP睡得很香甜。因爲她的臉朝向我，我可以清楚看到她臉上的汗毛。

也許QP也夢見在漂浮著山茶花瓣的浴池內泡澡，聽上代說落語。

她可愛的睡臉好像在微笑。

她脖頸的汗毛在朝陽中閃閃發亮。

我閉上了眼睛，想再次感受上代和QP的溫暖。

傍晚我們才回到鎌倉車站。因爲蜜朗及時採取了因應措施，所以家裡沒有發生太大的問題。在這段期間，我和QP充分享受了伊豆大島，順利回到家中。

這三天兩夜太充實，我感覺自己好像環遊了世界。

1 一種類似單口相聲的日本傳統藝能。

最重要的是，我和長大成人的ＱＰ參觀了島上的每個角落，是重大的收穫。

ＱＰ也許就像是樹海之森，靠自己的力量在岩漿上冒出嫩芽，在大地紮根，長出一片屬於自己的森林。

幾天之後，ＱＰ收到了報考高中的錄取通知書。

蓮花

時序進入四月。

QP穿上稍微有點大的全新制服，開始上高中了，兩個弟妹也升上小學二年級。雖然目前的季節水還很冷，但蜜朗已經整天往海邊追浪。

相較之下，好像只有我還留在原地踏步。難道是我的錯覺？

雖然到處都在迎接充滿希望和光明的春天，但我始終鬱鬱寡歡。

在櫻花都已落盡，全都變成葉櫻之際，我才想到，這該不會就是俗稱的倦怠症？

也許是完成了上代的情書供養，QP也順利考上高中，眼前的任務都已經完成了，所以才感到空虛失落。

我開始懷疑自己存在的理由，甚至產生到底爲什麼活在這個世界上的疑問，脖子以下都掉進了巨大的、深不見底的泥沼。

既然這樣，只要認眞投入工作，或許可以避免胡思亂想，問題是代筆工作也因爲自己的能力不足而停擺。

腦袋昏昏沉沉，整個人懶洋洋，提不起勁做任何事。雖然想挑戰新事物，但到了付諸行動的階段，卻又意興闌珊。

我遲遲無法提筆寫冬馬先生委託代筆的那封信。雖然當時眞心認爲可以助冬馬先生一臂之力，但我太不自量力了。事到如今，可以斷言，我只是高估了自己的能力。我爲當時認爲自己沒問題，用輕鬆的心情接下這份工作感到羞愧不已。

在我有所成長之前，難以用文字表達出冬馬先生內心的孤獨、糾葛、憤怒和希望，於是傳了訊息給冬馬先生，希望他能多給我一些時間。我甚至有點自暴自棄，想求助神明，去附近的鎌倉宮丟除厄石。

正當我捱著憂鬱的春天之際，一個高個子年輕人走進了山茶花文具店。當時我正坐在店裡的辦公桌前托著腮，心不在焉地看著山茶花。

山茶花幾乎已經落盡，維持美麗外形掉落的山茶花屍體，如同點字般散落在地面。年輕人的身高應該超過一百八十公分，體格很壯，手長腳長，不知道是否從事什麼運動，一看就知道身體很結實。

他拿下了棒球帽，深有感慨地小聲說：「好久不見。」但是，我並不認識他，所以搞不懂他為什麼對我說「好久不見」。

「我是鈴木多果比古。」

年輕人用充滿活力的響亮聲音自我介紹。

「啊？」

我大吃一驚，忍不住仔細打量他的臉。聽他這麼一說，的確覺得眼睛閉上時的弧度，有鈴木多果比古少年時的影子。

「你長高了。」

我發自內心感動地說。前一刻的憂鬱就像被風帶走般，頓時消失不見了。

「大家都這麼說，我媽媽也很驚訝，說沒想到我竟然會長這麼高。」

多年前，失去視力的多果比古走進山茶花文具店，希望我代替他寫一封感謝媽媽的信，最後是他親手在信紙上寫了那封信。回想那封信的內容，就忍不住有點激動。

「請坐。」

我遞了圓椅子給他。和他說話時，都會忘記他失去視力這件事。

「謝謝。」

多果比古一定是靠聲音和氣味建立自己的世界。他的臉看向我的方向，穩穩地坐在圓椅子上。

「我去準備飲料，你等我一下。你想喝冷飲還是熱飲？」

我問。

「我想喝冰的。」

多果比古面帶微笑回答。

我覺得自己好像在做夢，眞的是做夢都沒有想到，竟然可以見到長大成人的他。

我爲多果比古倒了從冰箱拿出的蘋果汁，然後俐落地爲自己喝的加熱後，倒進杯子。

「多果比古，你今年幾歲了？」

我把兩個杯子放在托盤上端過去。

「二十一歲。」

多果比古用毅然的聲音回答。

「這樣啊，我記得你當時還是小學生。」

我回想起他小時候的樣子。雖然當年他的年紀還很小，但已經是一位出色的紳士。

「對，那時候讀小六。」

「你寫了那封信之後，媽媽就不再親你的臉頰了嗎？」

我問。

「託妳的福。」

多果比古露出靦腆的笑容。他的笑容和小時候一樣。

「太好了。」

我意味深長地說。我從他身上看到像是海市蜃樓的畫面，知道他的人生很充實。

「我在高中畢業後，去國外留學了三年。」

「太厲害了。你去了哪個國家？」

「前兩年在加拿大，之後又去澳洲一年。」

「你在那裡讀什麼？」

「身心障礙運動。之前媽媽因爲照顧我，放棄了爬山，我把那封信交給媽媽後，就經常和她一起去爬山。起初只是走健行步道，從很矮的山開始練習，之後慢慢挑戰高山。十六歲那年生日，我攀登了富士山山頂，也是因爲這個原因，了解到運動的快樂。我目前的目標是參加帕拉林匹克的鐵人三項。今年春天，我進入一家日本企業工作，在工作的同時，持續運動競技人生。」

「好厲害。」

眼前的多果比古靠自己持續開拓人生，我發自內心尊敬他。

「前幾天，第一次領到了薪水，所以我想帶這個給妳。」

多果比古從身上的背包拿出一個小盒子，放在我面前。

「給我嗎？」

「對。因爲我很久之前就決定，等我賺錢之後，一定要來感謝妳。因爲那時候我只付了五十圓，我一直對這件事耿耿於懷。」

多果比古說。

他完全不需要在意這件事，而且對我來說，他當時支付的五十圓硬幣是勝過一切的勳章，我很想當作獎章向大家炫耀。

「謝謝你。」

我感慨地說。

「請妳打開看一下。」

在多果比古的建議下，我緩緩拆開了包裝得很漂亮的包裝紙，裡面是裝了墨水的小瓶子。

「好棒喔，眞漂亮的顏色。」

標籤上寫著「滿月之海」的名字。

「聽妳這麼說，眞是太好了。我請女朋友陪我一起去挑選，請她告訴我每一種顏色的名字後才決定。墨水的名字都很有個性，太有趣了。

「老實說，我並不知道滿月之海是什麼顏色，但我想一定是超美的顏色。在那個瞬間，我似乎看到了顏色。而且，瓶子形狀的線條很圓潤，感覺也很棒，所以，很希望妳能使用。」

我用雙手輕輕握緊了多果比古爲我挑選的墨水瓶子。

「原來你有女朋友了。」

我在說話的同時想到，女生怎麼可能不喜歡這麼優秀的年輕人。

「好不容易才交到的。」

多果比古用開玩笑的語氣說。

「你媽媽身體還好嗎？」

「很好。那次之後，媽媽和繼父離了婚，目前一個人生活。我和女朋友有時候會和媽媽一起去吃飯，但媽媽和女朋友個性都很強，所以兩個人經常對立。」

「你被夾在中間很辛苦啊。」

我笑著說。

「就是啊，還沒結婚，就已經有婆媳問題了。」

他說話的語氣有點得意。

看起來，多果比古目前的人生顯然很幸福，也很滿足。

話說回來，這眞是意外的驚喜，我似乎見識到他的潛力。他的紳士度越來越高了。

「太好了，歡迎你下次再來玩。歡迎帶女朋友一起來。」

多果比古臨走時，我對他說。

「謝謝！」

他說話的聲音響亮有勁，簡直就像球隊的學弟對學長說話。

「我以前就很喜歡這裡的氣味。」

多果比古說這句話時，像狗一樣猛吸鼻子。

「有什麼氣味嗎？」

我問。

「有啊。除了文具的氣味以外，該怎麼說，還有一種感覺很柔軟的溫柔香氣。只要一走進這家店，整個人就放鬆了。雖然我之前以爲，這也許是我的錯覺，但今天也聞到了和當時完全相同的氣味，這樣我就安心了。」

多果比古露出充滿確信的表情說。

既然他這麼說，那就代表眞有其事。我不由得高興起來，好像自己受到了稱讚。

「路上小心。」

我送多果比古到山茶花文具店的拉門前，發現他巧妙地避開了散落一地的山茶花紅色花瓣。

多果比古果然能夠看到。他用心靈的眼睛看到一切，可以看清一切。

多果比古搶先一步爲我帶來了五月明媚的春光。

半個月後的某一天，我在信箱中發現了一封寫給我的信。看到既有點熟悉，又有點陌生的字跡，我很納悶是誰寫信給我。翻到信封背面一看，發現寄信人竟然是QP。她上了高中之後，工整的字跡更成熟了。

我立刻回到家中，打開信封。有多久沒有收到QP的信了？我站在那裡，看她寫給我的信。

雖然妳當時很輕鬆地說這句話，完全不覺得有什麼問題，但是我很受打擊。

因為，我的媽媽是妳啊。我是妳的女兒啊，但是妳竟然說，幸好我不像妳，這也太過分了。

當時，妳牽著小蓮和小梅走在前面，我走在你們後面，眼淚一直流不停。因為我覺得好像遭到了排斥，心裡好難過、好難過，真的很絕望。

因為，我一直覺得我很像妳，大家也都這麼說。

我當然知道。我知道啊，我知道事實是怎樣。

但是，我也很希望是妳生下我，我很羨慕小蓮和小梅，和妳有血緣關係。

所以，我說了一些傷害妳的話。

媽媽對不起，請妳原諒我。

但是，我在伊豆大島撫摸馬的時候，馬讓我了解到，這種事根本微不足道，只是小事而已。我覺得馬好像在對我說，

媽媽

因為平時都不寫信，所以我超緊張。今天是母親節，我想寫信給妳。要寫什麼呢？我完全沒有頭緒，我寫得不好，請媽媽見諒。

媽媽，謝謝妳邀我一起去伊豆大島。

伊豆大島的旅行超開心。仔細想一想，我雖然去過江之島好幾次，但這可能是我第一次搭船去海島，我徹底愛上了島嶼。

那些馬太可愛了。

為什麼馬的眼睛這麼溫柔？我撫摸馬的身體後，覺得馬好像在安慰我，然後，這段時間以來的沮喪心情就突然消失，心也變得柔軟了。

媽媽，妳還記得嗎？

差不多是一年多前，蓮太朗和小梅已經上了小學，那天傍晚，我們四個人一起去段葛賞花，當時，妳對我說了一句話。

QP，妳變成小美女了，幸好妳長得像美雪，真是太好了。

還想吃鵜飼商店的可樂餅。下次一定要吃到大島特產的鱉甲握壽司！但是，我也還想再去那家拉麵店。

沒關係。

我很感謝馬。

所以，媽媽，我已經沒事了。

我的叛逆期已經結束了。

而且我也充分了解，叛逆很累。

我不想白白浪費那些精力，我已經是高中生了，所以打算好好享受高中生活。

所以，媽媽，我希望我們母女的感情可以像以前一樣好。

拜託了。

媽媽，真心感謝妳一直以來的照顧。

我還是好愛妳。

我沒辦法討厭妳。

希望媽媽長命百歲，永遠陪伴在我身旁。

QP敬上

PS

我好想再和媽媽再一起去伊豆大島，下次要在Hav Cafe悠閒地吃早餐，我我一次又一次，反覆看這封信。

和QP在伊豆大島共度的無數時光，變成美麗的光浮現在腦海。雖然現在抱不到QP，但我把她的信緊緊抱在胸前。

其實我才應該向她道歉。我輕率的言行，爲QP帶來了痛苦。身爲母親，我眞的太糟糕了。想到自己也在不知不覺中變成毒親，我感到不寒而慄。

有時間批評別人，應該照一下鏡子，回顧一下自己的言行。我才是沒有察覺QP對我的愛的那個人。

我當時爲什麼會說那句愚蠢的話？而且，如果QP沒有告訴我，我永遠都不會發現自己做錯了。

我很想痛罵自己「王八蛋」，然後狠狠揍自己一拳。

即使現在道歉，也無法讓QP受傷的心癒合，但我仍然想向她道歉。

信封上貼了一張漂亮的九十四圓郵票。

白色和粉紅色花瓣是玫瑰嗎？還是牡丹呢？也許是山茶花。

我深刻體會著她特地挑選漂亮郵票貼在信封上的貼心，有點手足無措。

希望我們母女的感情可以像以前一樣好，這才是我該說的話。孩子會在不知不覺中持續成長，離開父母，走向獨立。

不光是QP，小梅和蓮太朗也一樣。如果我整天渾渾噩噩，他們也會在轉身之間離開我們身邊。

可以盡情地撫摸小孩子，盡情地擁抱他們的時間比想像中更短暫，現在的QP正在努力拍打翅膀，想要早日獨立。

也許下一次要等到我上了年紀，走路不穩的時候，才會再次和QP牽手走在街上，搞不好那時已經不認得QP是誰了。

這麼一想，就感到格外難過。

人生眞的在轉眼之間就結束了。

我等到週末，在星期天傍晚，約QP一起出門散步。我向蜜朗說明了情況，他答應由他來照顧兩個小的。

不管是義大利餐還是日本料理，或是法式料理、烤肉、鰻魚都可以，今天晚上，妳想吃什麼都可以。我向QP提議，她毫不猶豫地回答想吃咖哩。她可能像爸爸，所以這麼愛吃咖哩。

於是我們沿著小町路走去「OXYMORON」。也許是因爲春天到了，前一段時期減少的觀光客，又漸漸回來鎌倉了。

但來到「OXYMORON」時，已經是餐廳的最後點餐時間。如果早五分鐘出門，就可以順利趕上了。雖然懊惱，但也無可奈何。我們沿著階梯往下走，我努力想著有沒有其他可以吃咖哩的餐廳，QP提議乾脆去平交道附近的咖啡店。

「妳是說招牌上有兩個大叔的那家店嗎？」

「對，我之前就一直想進去看看。」

「那家咖啡店叫什麼名字？雖然在鎌倉住了這麼多年，但從來沒有去過那家店，我記得那家店已經開很久了。」

「我聽學姊說，那家咖啡店的蛋包飯很好吃，而且甜點也很豐富，我想吃布丁百匯。」

QP興奮地說。

「臨時去從來沒有去過的餐廳也很令人期待。」

我說。

我發現這可能是第一次和QP像朋友一樣，單獨在鎌倉逛街。QP眞的長大了。

但是，平交道旁的咖啡店也快打烊了。那家咖啡店的正確名字是「Cafe Vivement Dimanche」。

「太可惜了。」

QP露出怨恨的眼神看著「close」的牌子說。沒想到我們連續被兩家店拒之門外。

「鎌倉有很多店都是週二、週三休息，也有很多店天一黑就打烊了。」

單身時代，我很了解鎌倉店家的營業時間和公休日，現在完全不知道。

「那要去哪裡吃飯？」

我問身旁的QP。

我們兩個人的身影出現在店家的玻璃上。雖然我稍微比QP高一點，但恐怕不久之後，就會被超越了。

「先去平交道對面再說。」

QP提議，我們走過平交道，來到鐵軌的另一側。

「沒想到這裡竟然也有餐廳。」

QP停下腳步。

「眞的欸，媽媽也不知道這裡有餐廳。」

空間有一半在地下室的是一家小餐館。

「不知道是什麼料理。」

「感覺像西餐。」

「要先看一下菜單嗎？」

「好啊。」

QP走下階梯，請餐館的人讓她看一下寫在黑板上的菜單。

似乎是一家法式料理的小餐館，菜單上有很多使用了本地產的蔬菜，和附近漁港的海鮮製作的美味料理。

「既然都來了，不如就吃這一家？」

QP聽了我的提議，雙眼發亮地表示同意。

店家說吧檯還有座位，於是我和QP一起坐在門口附近的吧檯前。一位性感瀟灑的鎌倉紳士坐在我們後方的桌子旁喝著氣泡酒，享受一個人的晚餐。宜人的風從敞開的門吹了進來。

雖然沒有吃到QP想吃的咖哩有點遺憾，但是她想試試馬賽魚湯，於是我們就點了兩人份的馬賽魚湯作爲前菜。

然後，又點了各自喜歡的料理作爲主菜。

QP毫不猶豫點了橫膈牛排，我遲遲無法決定。雖然最後決定點油封鴨腿肉，但仍然忍不住看著菜單，覺得珠雞肉也不錯，香煎白肉魚看起來也很好吃。QP已經成爲一個比我更有決斷力的大人了。

「恭喜妳順利考上高中。」

QP喝汽水，我用手工精釀啤酒和她乾杯。

雖然上個月，全家一起去了鶴屋吃鰻魚飯慶祝她考上高中，但是那天店裡有很多客人，而且吃到一半，蓮太朗肚子不舒服，所以無法好好爲她慶祝。

「媽媽，我記得妳有一段時間叫我陽陽？」

QP突然提起這件事，我差一點被啤酒嗆到，好不容易才忍住。我對她說：

「對啊，因爲妳叫陽菜，美雪叫妳陽陽。我很想成爲妳眞正的媽媽，但又覺得這樣叫妳好像很對不起美雪，所以就有點顧慮，常常叫不出口。

「但是，我心裡還是很想叫妳陽陽，所以就這麼叫了。」

我坦誠把當時的複雜心情告訴QP，QP已經有接受這些事的度量。

「但是？」

「要怎麼說呢，總覺得叫起來怪怪的，因爲在我心中，妳就是QP啊。」

「什麼嘛。」

QP呵呵笑了起來。

「那我問妳，妳希望我怎麼叫妳？還是希望我叫妳陽陽？」

我認爲這件事很重要，於是很認眞地問她。

「不管叫什麼都一樣啊！」

QP一笑置之。

「一樣嗎？」

「當然啊，因爲都是我啊。」

聽到她這麼回答，我有點傻眼。其實我常常煩惱，一直叫她QP沒問題嗎？

「這樣啊。」

我回答。

也許問題比我想像的更簡單。這個煩惱解決後，心情就舒暢多了，於是我們一起分享了馬賽魚湯。

主菜之後，我們又各點了一道甜點。吃完所有的料理，酒足飯飽，走出餐廳。

夜幕已經降臨。車站的月台上也空空蕩蕩。

我終於等到機會，於是對QP說：

「回家之前，可以先去一個地方嗎？」

「好啊，要去哪裡？」

「壽福寺，妳以前也去過，但不知道妳記不記得。」

我猜想她應該不記得五歲時的那次約會，但還是問了。

「在哪一帶？」

「往北鎌倉的路上，但還不到切通，就在前面而已。」

我告訴QP。我們一邊說話，已經走向壽福寺的方向。

「晚餐太好吃了。」

「不要告訴爸爸，下次我們再一起去。」

我帶著惡作劇的心情說。

「好啊，如果爸爸知道那家餐廳，可能會嫉妒，而且那家餐廳的人也很帥。」

一個上了年紀的女人牽著一條黑狗從我們身旁經過，面帶微笑聽著我們的對話。

我眞的很久沒去壽福寺了。我悄聲對走在身旁的QP說話，以免破壞了夜晚的靜謐。

「外祖母曾經有一個喜歡的人，那個人就住在伊豆大島。」

「外祖母？」

QP露出納悶的表情。

「因爲是媽媽的外祖母，所以是妳的曾外祖母。」

「啊，該不會是上代？」

「對啊，就是上代。」

「妳一開始說上代，我就知道了啊。」

QP微微嘟起了嘴。

「這裡是上代在鎌倉最喜歡的地方。」

我和QP已經站在通往壽福寺山門的階梯下方。

「是不是很美？媽媽也很喜歡這裡，所以想和妳分享這個地方。」

我們一級一級，慢慢走上階梯。

樹梢冒出很多新芽，黑暗中，這些新芽就像蠟燭的燭光般發亮。

這裡果然是舒服的地方，和去伊豆大島時，冬馬先生帶我去的波治加麻神社的感覺很像。

也許就是因爲這個原因，上代才愛上這個地方。

來到中門後，我蹲在地上說：

「ＱＰ，我背妳。」

「妳背不動啦。」

ＱＰ發出很受不了的聲音。

「我剛才吃很多，而且我現在的體重比國中時更重了。」

「沒關係，妳讓媽媽背一下。」

我仍然很堅持。

「爸爸以前也曾經在這裡背過媽媽。」

說完這句話幾秒之後，後背才終於感受到溫暖。我用整個後背感受著ＱＰ的重量和溫暖。

嘿咻。我吆喝一聲站了起來。

因爲無法一口氣站直，我就像舉重選手一樣，花了一點時間調整重心，輪流慢慢伸直兩條腿。

完全站直後，我對ＱＰ說：

「ＱＰ，對不起。我之前傷害了妳，眞的很對不起。」

我終於對女兒說出了一直耿耿於懷的話。

QP用力抱住我，代替她的回答。

我無論如何都希望帶QP來看眼前這片風景。她在我背上看到的景色，正是上代傳承給我的寶物。上代曾經背著我，讓我看這片景色，我也想爲QP做同樣的事。

我把QP放下來後說：

「我忘了幾年前，爸爸帶著妳和我第一次約會時，他背著我，然後對我說了這句話：與其苦苦追尋失去的東西，還不如好好珍惜自己目前擁有的。爸爸這句話拯救了我。

「而且，爸爸還對我說，如果有人背了自己，下次就換自己去背別人。我就是因爲他這句話，才愛上他。所以，對我來說，這裡也是充滿回憶的地方。」

「謝謝媽媽。」QP懇切地說：「雖然我完全沒有想要媽媽向我道歉，但是我很高興妳剛才背我。因爲妳以前從來沒有背過我。」

聽到QP這麼說，我才發現自己也許眞的沒有背過她。

我遇見QP時，她已經五歲了，並不是需要經常抱在手上的年紀。之後每當她睡著時，也都是蜜朗抱她或是背她。

QP花了很長的歲月，慢慢接受她不是我的親生女兒這件事，並經過時間的咀嚼，將其化爲自己的血肉。我可以從她說的話中，深刻感受到這件事。

我們又一級一級，並肩慢慢走下階梯。

我和QP將展開一個新的時代。

鎌倉分外美麗的夜晚發生的事，讓我產生了這樣的預感。

但是，人生無法一帆風順，有好事發生，當然也會遇到不好的事。就好像走路時，右腳踏步完換左腳一樣，用這種方式取得平衡，只不過這平衡也未免太難了⋯⋯好不容易解決了QP的叛逆期，鄰居嫌我家發出噪音的問題又浮上檯面。眞的是一波剛平，一波又起。

難道是春意正濃時，在家中爲小梅熱鬧慶生出了問題？幾天後，信箱內收到一封抗議信，就是那個養了幾隻貓，很難搞的鄰居寫的。

沒有貼郵票的冰冷牛皮紙信封中，裝了一張用列表機列印的A4影印紙。我在看信的內容之前，就有了不祥的預感，心情也憂鬱起來。但是，我不能把信就這樣丟進垃圾桶，所以還是很不甘願地看了內容。

「我已經忍無可忍了。」

「下次再發生相同的情況，我就要報警了。」

「你們家太吵了，半夜都無法好好睡覺。」

「我還去診所開了安眠藥。」

「你們太過分了。」

「目前這樣子，我完全沒辦法工作。」

越看心情越沉重，看完最後一行字，覺得好像有幾把刀子刺進了我的肚子。這不是誇張，也不是比喻，我眞的無法繼續站著，雙腿一軟，便癱坐在地上。

我們平時就很注意不發出噪音，尤其在小梅慶生會時，一開始就提醒小朋友要小聲。平時要求幾個孩子想大聲玩的時候，一定要去戶外，還特地手寫了海報，貼在醒目的地方，要求小孩不要在走廊上奔跑，上下樓梯也要放慢速度。

小梅和蓮太朗平時都不會帶同學回家，都是去同學家玩。我可以感受到小孩子平時都很注意，正因爲他們平常都很乖，身爲父母，希望偶爾也可以邀請同學來家裡玩。沒想到竟然變成這樣的結果。

我一整天都悶悶不樂，一想到就嘆氣，根本無心工作。即使吃小鳩豆樂，試圖轉換心情，也食不知味，如同嚼臘，完全沒有心動的感覺。

我不想怪罪兩個孩子，情緒失控地責罵他們。我告訴自己，千萬不能做這種事。所以，在蜜朗餐廳打烊，晚上回到家之前，我把收到鄰居抗議信的事放在心裡，甚至沒有告訴ＱＰ。

「發生了傷腦筋的事。」

蜜朗回家後，我愁眉苦臉地對他說。雖然我知道這種時候更要保持笑容，但知易行難。我知道自己的臉繃得像石頭一樣緊。

「我早上在信箱裡發現了這封信。」

我把那封抗議信遞給蜜朗。

在蜜朗看信了解狀況時，我拿起他剛才喝的啤酒罐喝了起來。

原本今晚不想喝酒，但現在還是忍不住開喝，只是沒有力氣把啤酒倒在杯子裡。

我直接拿起啤酒罐，喝著已經不太冰的啤酒，怔怔地看著蜜朗的臉。

我看著蜜朗臉上的表情越來越凝重。我想起信上的內容，再度湧起好像內臟被用力攪動的不快感。

「好可怕。」

蜜朗看完信之後，抬頭嘀咕說。

「對不對？我從早上開始就感到害怕了。」

沒錯，說對了。蜜朗，你說的完全正確。我從早上開始，內心就充滿了難以形容的感覺，原來就是害怕。蜜朗竟然精準地說出了我的感覺，忍不住有點尊敬他。

「感覺不是買糕餅禮盒上門道歉，就能夠解決。」

我說。

「但是，我們家的小孩子並沒有那麼吵吧？」

沒錯，蜜朗說的完全正確。這就是重點。我很有把握地點了點頭。

小梅慶生會那天是星期天，蜜朗中途也回家了，所以他也明白當天的狀況。

「我們也有注意結束的時間，很早就讓那些小朋友回家了。」

我在說話時，淚水忍不住在眼眶中打轉。今天一整天，我都努力忍住不哭。

我很不甘心。明明已經盡了最大的努力，最後還是這樣的結果。難得辦一次慶生會，竟然變成不愉快的結局，我覺得很對不起小梅。

「小孩子並沒有錯。」

我說。那天除了小梅的同學，蓮太朗的同學也一起來家裡玩，我家的兩個孩子平時就對發出聲音這件事很敏感，我忍不住覺得他們很可憐。

如果眞的如鄰居所說，曾經聽到大叫或是尖叫的聲音，那也是兩個孩子的同學不小心發出來的，不需要這樣咄咄逼人地譴責。我可以很有自信地斷言，那完全是常識範圍內的行動。

「好可怕。」

蜜朗又說了一次，但是一味感到害怕，無法解決問題。

「要去登門道歉嗎？難道要我們全家都去低頭道歉，說以後再也不會吵鬧了，請她原諒嗎？我們眞的沒有吵鬧啊，雖然那天可能比平時稍微大聲了些，但鄰居之間不是就要相互體諒嗎？

「她好幾次都很晚才把垃圾拿去回收處，也沒有把網子蓋好，結果垃圾袋被烏鴉戳破，廚餘都散在路上，還不是我幫忙清掃乾淨。而且有時候深夜，鄰居家的貓也很吵。但這種事沒什麼好計較，所以之前都睜一隻眼，閉一隻眼，完全沒有吭氣。這種事不是就該互相包容嗎？更何況我們根本沒有做錯事，就因爲對方生氣，我們就要低頭道歉，你不覺得很奇怪嗎？」

我越說越義憤塡膺。

蜜朗慢條斯理地說：

「每個人對聲音的感受不同，就和味覺一樣。即使我們覺得沒有很吵，但對方可能震耳欲聾。我猜想鄰居對聲音應該比一般人更敏感。」

蜜朗說的話完全正確。

「但如果這樣就抗議，不就變成誰大聲誰有理嗎？我覺得這樣太不公平了。因爲，這樣不是很奇怪嗎？當兩方意見不同時，即使其中一方要求一百，另一方也不應該完全接受，而是各退五十步，尋找出妥協點，這樣才健全，不是嗎？如果我們接受她的主張，以後我們家就必須一直看對方的臉色過日子，必須過隱居的生活！」

雖然明知道蜜朗不是敵人，還是忍不住向他發洩怒氣。

「那該怎麼辦呢？」

蜜朗事不關己的態度讓人生氣。

「我不是在和你討論嗎！」

我也討厭這樣忍不住大聲說話的自己。

我又嘆著氣。眞是屋漏偏逢連夜雨，我甚至開始覺得，當初想讓小孩子高興，提出偶爾在家裡辦慶生會是錯誤的決定。

但是，另一個自己也在心裡冷靜地說，這不是問題的重點。

「以前芭芭拉夫人住在隔壁時，明明相處得很融洽。」

蜜朗把喝完啤酒的空罐像麥克風一樣拿在手上，靜靜地說。

我完全同意。

以前芭芭拉夫人住在隔壁時，相處眞的很融洽。

即使聽到可以認爲是「噪音」的聲音，也能夠轉念，換不同的角度思考，用笑聲和幽默把「噪音」變成「音樂」，彼此謙讓，彼此體諒。

這是我心中理想的相處之道，現在卻四處碰壁，走投無路。

「鄰居是我店裡的客人。」

蜜朗用一臉怔怔的表情嘀咕。

「是嗎？她經常去你店裡嗎？」

因爲我完全不知道這件事，於是問蜜朗。

「雖然稱不上是老主顧，但曾經來店裡吃過一、兩次午餐。當時我並不知道她是鄰居。之前不是因爲鄰居說兩個小孩子去院子偷花，我們曾經帶著糕點去登門道歉嗎？當時我就有點驚訝，覺得好像在哪裡見過她，然後想起來是店裡的客人。但是我猜想她至今仍然不知道我就住在她家隔壁。」

既然這樣，蜜朗更不希望事情鬧大。我能理解他的心情，也絕對不希望鬧去警局或是告上法院。如果有什麼和這種難相處的鄰居和平相處的方法，我眞的願意付錢討教。

連續好幾天，我都夜不成眠。每天都輾轉反側到天亮，悶悶不樂地想，她才造成我的睡眠障礙。蜜朗一副事不關己，暗中把所有麻煩事都推給我的態度也令人心煩。

煩躁的壓力日積月累，幾乎快把我壓垮。如果不試著轉換心情，我會被這些毒瘴侵蝕。即使用強硬的方式，也要轉換一下環境。如果不改變眼前的風景，後果恐怕不堪設想。

我的防禦本能敲響了警鐘。

星期一早晨，送孩子出門上學後，我迫不及待走出了家門。

我在車站前的書店，沒有看內容，只看封面就拿了一本書。

因爲很想喝咖啡，於是走進御成商店街小路上新開的咖啡店，外帶了歐蕾咖啡，還順手買了看起來不錯的餅乾，從後車站跳上江之電。

不知道爲什麼，突然就像產生戒斷症狀般，很想去看海。

所以，當電車經過和田塚車站，不時能在住宅區屋頂後方看到大海時，我發自內心鬆了一口氣。

我很想對著大海張開雙手，大聲叫著「媽媽」，然後用力抱緊。也許我現在很需要母親的陪伴。

我欣賞著車窗外明亮的大海，慢慢喝著歐蕾咖啡。中途有點餓了，於是把餅乾放進嘴裡。

陽光從雲的縫隙中照在海上，宛如新娘戴在頭上的婚禮頭紗。

看到這片景象，我感覺心情稍微平靜下來。之前被重力用力向下拉扯，感到沉重不已的心，靠著海水的浮力，稍微忘記了那分沉重。

我發現這幾天，我忘記深呼吸，於是用力吸了一口氣，然後緩緩吐出來。

我在稻村崎車站下車，前往稻村崎溫泉。

雖然小時候就知道稻村崎溫泉，但至今爲止從來沒有去過。聽說男爵偶爾會造訪，而且當初也是在稻村崎溫泉和太太胖蒂拉近了距離。雖然如果想來，隨時來都很方便，但遲遲沒有機會。

但是現在，我的身體，不，是我的靈魂渴望溫泉。

這是一種很像飢餓感的迫切欲求。我的本能在吶喊，現在必須馬上泡溫泉，離家最近的溫泉就是稻村崎。

我脫下衣服，洗完身體，把肩膀以下的身體泡進戶外的浴池內，頓時發出了「喔喔喔喔」野獸般的叫聲。雖然露天浴池沒有太多大自然風光，但仍然可以隔著護欄看到大海。

剛下水時，感到有點熱，但皮膚漸漸適應後，頓時通體舒暢。

溫泉水是幾乎接近黑色的深棕色，像稀薄的葛粉粥般有點黏稠。雖然海風很強，但只要肩膀以下都泡在溫泉水中，就沒有太大的影響。

我輪流泡著室內浴池和露天浴池，中間也去了三溫暖。據說時下掀起三溫暖熱潮，但我搞不懂特地走進那麼熱的房間流得滿身大汗，到底哪裡舒服。

但是，實際走進三溫暖後，我才終於親身感受到，在熱到極限的狀況下忍耐，讓汗水流個不停，全身會很舒暢。就像撒豆子一樣，把累積在體內的惡鬼全都趕出來。

我暗自下定決心，努力不去想那件事，所以才來到稻村崎溫泉，但只要稍不留神，就會想起隔壁鄰居。

即使再怎麼努力要求自己不要想，但知易行難。思考就像是脫兔，除非經過紮實的訓練，否則普通人根本無法綁上鍊子加以控制。

某些瞬間，所有的雜事又都可以拋在腦後，這種片刻的放空時間療癒了我。

蜜朗之前提出，可以讓兩個小的寫道歉信給隔壁鄰居。比起父母道歉，吵鬧的孩子自己道歉，或許更能打動對方。

如果他們眞的很吵，影響了鄰居的生活，我認爲應該這麼做。

但是這次的情況不一樣。身爲父母，我認爲兩個小孩子明明沒有做錯事，只因爲對方不高興，就逼迫他們寫道歉信是錯誤的做法。

蜜朗似乎越來越覺得鄰居很可怕，甚至說什麼很擔心對方惱羞成怒，放火燒了我們家，就會造成難以挽回的後果。

最近經常聽到明明沒有做錯任何事，對方卻因爲情緒失控，開車撞人的新聞。別人的常識未必和自己一樣，只能說一種米養百種人。

所以蜜朗主張，不管事實眞相如何，只要向對方道歉，讓對方心情平靜下來，最終就能保護我們全家人。他的意見或許也沒錯。

但是，我無論如何都不想做這種讓小孩子出面頂罪的事。

既然這樣，或許由我來寫，就可以解決這個問題。

我在三溫暖的烤箱內滿頭大汗時，突然想到這個主意。這簡直是完美的解決方法，我反而很納悶，爲什麼之前都沒有想到這個方法。

因爲我是代筆人，雖然不能說易如反掌，但完全可以模仿小孩子寫的字，寫下道歉信。至少不會比冬馬先生委託我，但一直沒有動筆的出櫃信難度更高。

也許這就是所謂的當局者迷。我忍不住想要自誇，覺得這簡直是神算妙計。我在烤箱內流著汗，忍不住嘴角上揚。

原本以為無計可施了，竟然沒有發現這麼簡單的解決之道。即使眞的四處碰壁，走投無路，也可以縱身跳起，跳向天空的方向，越過困住自己的牆壁。如果連頭頂也被封住，那就埋頭挖地洞。如果這樣也不行，就用牙齒咬牆壁，把牆壁咬出洞。

我覺得自己就像試圖越獄的罪犯。

但是我現在渾身噴汗，無法繼續留在烤箱內。

我就像尋求救助般用力打開了三溫暖烤箱的門，在外面沖澡後，把肩膀以下都泡在冷水中。

太爽快了。當我找到解決方案後，突然感到肚子很餓，於是決定不再繼續泡澡。

穿上衣服後，離開了稻村崎溫泉，搭上江之電，往江之島的方向移動。

雖然我極度想吃「花」家的太卷壽司，但還想繼續我的小旅行，於是就在鎌倉高校前站下了車。我想起茜女士之前說，她從家裡到鎌高前車站也是旅行。

我走出驗票口，憑直覺尋找麵包店。

今天因為把手機留在家裡，所以無法像平時一樣，拿起手機就可以查到。

雖然我只是憑直覺走在路上，沒想到順利找到了麵包店。我分別買了一個鹹麵包和甜麵包，回到鎌高前車站的月台上。那裡已經成為我的固定座位。

雖然已經過了午餐時間，但我眺望著大海，開始吃午餐。

吃到一半時，才想起剛才在麵包店忘了買飲料，於是就在月台的自動販賣機買了熱焙茶。

比起在家裡鬱鬱寡歡，乾脆出門走走果然是正確的決定。

我想起在車站前的書店買了書，於是坐在月台上看書。

一群高中生來到月台，然後又被吸進江之電的電車。喧鬧和寂靜輪流襲來。

我每次都抬起頭，喝著焙茶，眺望著大海。

早上在書店隨手挑選的書是不知名男作家的隨筆集，書中用柔和的文字，淡淡地描述他寧靜的生活日常。

原本只是看封面，隨便挑選的書，沒想到內容字字句句打動我內心深處。

我在鎌高前車站的長椅上看完整本書後，快步踏上了歸途。

回到家後，立刻準備晚餐，讓小孩子都洗完澡後，開始代筆的工作。好事不宜遲，我希望在此刻的心情消失之前，完成小梅和蓮太朗的道歉信。

首先，我以蓮太朗的身分寫信。我挑選了蓮太朗喜歡的黃綠色色紙，寫在背面。

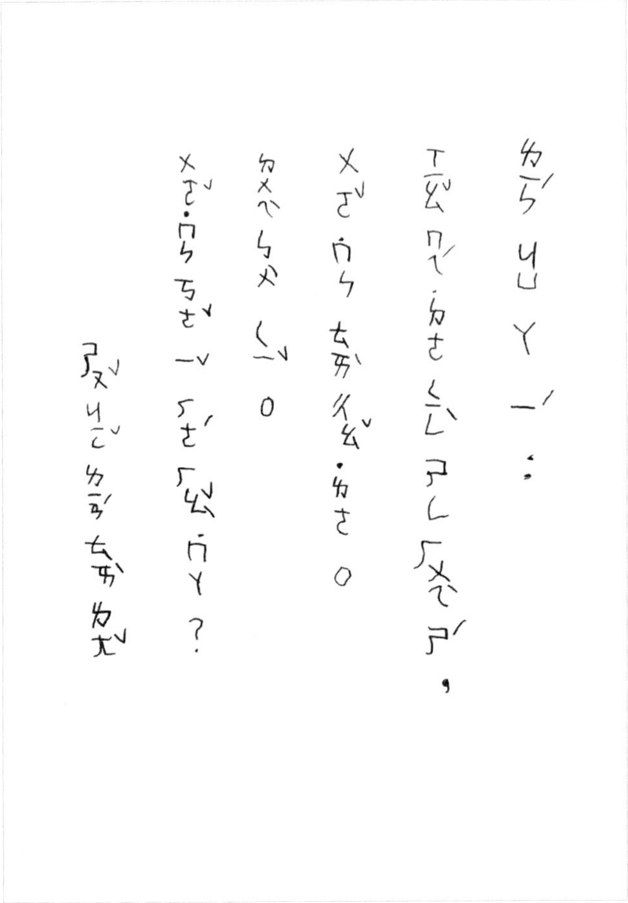

ㄌㄧㄣˊ ㄐㄩ ㄚ ㄧˊ：
ㄒㄧㄠˇ ㄇㄟˊ ˙ㄉㄜ ㄑㄩ ㄕㄥ ㄏㄨㄛˊ ㄕˊ，
ㄨㄛˇ ㄇㄣ ㄊㄞˋ ㄔㄠˇ ˙ㄉㄜ。
ㄉㄨㄟˋ ㄅㄨˋ ㄑㄧˇ。
ㄨㄛˇ ˙ㄇㄣ ㄎㄜˇ ㄧˇ ㄏㄜˊ ㄏㄠˇ ㄇㄚ？
ㄕㄡˇ ㄐㄧㄝˇ ㄉㄞˋ ㄊㄞˋ ㄉㄤˇ

我使用功文牌的一款比普通鉛筆更深的三角形2B兒童鉛筆，花了很長時間，完成了這封信。

不知道是否因爲和班上同學相比，他比較晚生的關係，蓮太朗還不太會寫長文章，詞彙也很少，也還不會寫漢字。

相較之下，小梅的成長就很顯著。升上小二之後，比以前更成熟，會說一些大人才會使用的字眼。

上次慶生會時，她也說某個不是她同學的人很陰險。

我忍不住納悶，小學低年級的人會說陰險這種字眼嗎？但是她很輕鬆地使用這類詞彙。和男生相比，女生的確比較成熟。上次慶生會時，我充分了解，不是只有小梅和蓮太朗而已，整體來說都這樣，也許是大腦的皺褶數量有差。

小梅可能受到姊姊ＱＰ的影響，寫的字也很成熟，於是我用普通的ＨＢ鉛筆寫小梅的道歉信。

我挑選了小女生喜歡的可愛圖案信紙和信封。

信紙上有一隻戴了頭巾的貓。那是我很久以前買的，打算在代筆時使用。這是基於希望愛貓的鄰居會喜歡的貼心，不，應該是心機。

我轉換了心情，這次把自己當成小梅，拿起鉛筆。

我對於擅自用兩個孩子的名義寫道歉信並非毫無內疚，相反地，心裡有滿滿的愧疚，我完全沒自信認爲這樣做是正確的決定。

但是，姑且把這兩封信當作起點。於是我把信放進了信封。蜜朗說的沒錯，至少勝

ㄉㄤˋ我們嗎？

阿一ˊ家的ㄇㄠ有ㄕˊㄏㄡˋ在入ㄐㄧㄠˇㄔㄨㄤˊㄕㄨㄟˋㄐㄧㄠˋ，ㄓㄣ是太可ㄞˋ了，我也ㄒㄧˇㄏㄨㄢㄇㄠㄇㄧ。

守ㄐㄧㄥˇ小梅

你好：

上次ㄒㄧㄥㄑㄧˊ天，我ㄉㄧˋ一次在家ㄌㄧˇㄐㄩˇㄅㄢˋ了ㄆㄞˋ生ㄉㄨㄟˋ，很多同ㄒㄩㄝˊㄇㄣ˙來家ㄌㄧˇ玩，我很開心。媽媽ㄗㄨㄛˋ了三明治，爸爸ㄎㄠˇ了ㄋㄧㄡˊㄆㄞˊ。爸爸ㄗㄨㄛˋ了一大ㄉㄧㄝˊ的ㄒㄧㄠˇㄌㄨㄥˊ包，ㄑㄧˊㄕˊㄊㄚ是冬天吃的，ㄎㄨㄛˋ我很ㄒㄧˇㄏㄨㄢ，ㄙㄨㄛˇ一ˇ爸爸ㄊㄜˋㄅㄧㄝˊㄨㄟˋ我ㄗㄨㄛˋ了。吃一口ㄒㄧㄠˇㄌㄨㄥˊ包ㄕˊ，我太ㄍㄠㄒㄧㄥˋ了，忍不住ㄊㄧㄠˋ起來，ㄏㄞˊ大ㄕㄥㄏㄨㄢ呼。但是，ㄏㄡˋ來知道阿ㄧˊㄕㄨㄛ我們太吵了，ㄕㄨㄟˋ不著，ㄙㄨㄛˇ一ˇ很ㄋㄢˊㄍㄨㄛˋ。ㄉㄨㄟˋ不起。我一ˇ經好好ㄈㄢˇㄒㄧㄥˇ了，阿ㄧˊ可ㄧˇㄩㄢˊ

過什麼都不做。

我把蓮太朗的道歉信裝進用色紙做的信封，小梅的道歉信使用了和信紙成套的肉球圖案信封。

俗話說，爲了達到目的，也可以妥善運用謊言。與其逼年幼的孩子說謊，不如由我來說謊，若能讓事情有圓滿的結果，神明也一定會原諒我。雖然有點牽強，但現在的我想這麼認爲。

隔天早晨，我在天亮之前就打開玄關的門，悄悄把兩封信塞進鄰居家的信箱。投信時，我發自內心祈禱，希望這件事可以順利落幕。

接下來的幾天，我一直很在意鄰居的反應，每天檢查信箱好幾次。自從我曾經和小時候的QP短暫成爲筆友的那段期間後，我就不曾有過這樣的心情。當時很期待QP的回信，總是帶著像熱戀般的心情，打開信箱的蓋子。

此刻的心情似乎和當時有點相像，但又完全不一樣，有點模稜兩可，很難明確定義。

如果鄰居回信跟我們和解，當然皆大歡喜，但是如果對方曲解兩封信的內容，很可能變成火上澆油。我當然祈禱不會發生這種情況，所以每次檢查信箱時，手都忍不住有點發抖。

過了一個星期、十天，然後半個月過去了，鄰居仍然沒有回信。

但是，我在這段期間收到了好消息。寄信人是芭芭拉夫人，而且明信片上也明確寫了「芭芭拉夫人上」幾個字。

芭芭拉夫人要從法國南部回國探親，而且不是很久以後的事。她預定回國的日子就在不久之後。

芭芭拉夫人說，她這次回國也打算在鎌倉小住幾天。

我把這件事告訴放學回家的QP，她雙眼發亮，不加思索地說：

「她可以住我們家啊。」

其實我也這麼想。雖然我知道住飯店比較舒服，但既然她回到鎌倉，很希望她能夠在熟悉的一帶好好休息。

我和蜜朗商量後，他也二話不說答應了。兩個小的雖然搞不太清楚芭芭拉夫人是誰，但似乎也很高興有客人來家裡。

雖然我家很小，有點不好意思，但很希望芭芭拉夫人能親眼目睹我們家人的生活。

「Merci beaucoup。」

回信到法國南部時間上恐怕來不及，於是我打了電話。電話中傳來芭芭拉夫人一如往常的悠然聲音：

「太感謝妳的提議了。」

「妳要和QP睡同一間房，可以嗎？」

我戰戰兢兢地問。

「Bravo—!」

芭芭拉夫人精神抖擻地回答。

事情就這樣敲定了，我又有了迎接芭芭拉夫人這項新的任務。

雖然鄰居仍然完全沒消息，但是我越來越覺得，這種事根本不重要。我發現自己變得樂觀了，開始認爲沒有消息就是好消息。

這也是時光藥發揮的威力。時光藥的效果太強大了。

想到很快又能夠再見到芭芭拉夫人，就連早上喝的京番茶也看起來閃閃發亮。這種感情絕對就是心動的感覺。

那是一種像戀愛般的感覺。

我喜不自勝，走路都會忍不住蹦蹦跳跳。

最後，芭芭拉夫人只在我們家住三天兩夜。雖然我很希望她可以住一星期、十天，但是全國各地都有芭芭拉夫人想見面、以及想和她見面的親朋好友，所有人都不想錯過芭芭拉夫人回國的寶貴機會，引頸期盼和她見面，所以我們不能獨占她。

芭芭拉夫人回鎌倉的前一天，我最後一次出門補貨。牙刷、毛巾等必要的日常用品在平時買菜時，已經順便買好了，今天要把所有的貨都補齊。

鎌倉已經在不知不覺中，迎接了繡球花的季節。

今年春天，我因爲受倦怠症之苦，錯失了賞櫻的機會，所以更想好好欣賞繡球花，療癒心靈。

源平池的蓮花應該也陸續開了，只要瞥到蓮花挺得筆直，含苞待放的樣子，心情就格外平靜。

因爲我知道會買很多東西回家，所以沒有帶傘出門。雖然絕對稱不上是晴朗好天氣，我決定賭一下，賭今天不會下雨，而且氣象男主播也說今天不下雨。

但是，走在路上，發現天氣越來越不對勁。最近的天氣預報都很不準。

我在豐島屋爲芭芭拉夫人買了鴿子餅乾和落雁，走出店門準備回家時，天空下起了大雨。這麼大的雨勢，沒辦法不撐傘走回家。

該怎麼辦呢？我感到手足無措，然後在不影響店家做生意的情況下，站在屋簷下躲雨，突然發現身旁有動靜。

「老闆娘，大家都說塑膠雨傘輪流轉。」

說完，那個人遞給我一把透明的塑膠雨傘。

因爲他沒有戴墨鏡，所以我沒有馬上認出來，但站在我身旁的不是別人，就是知性黑道大哥。因爲我只記得他叫知性黑道大哥，一時想不起他的本名。

「但是……」

我猶豫起來。

「反正我只是去前面的咖嘿廳。」

他硬是把塑膠雨傘塞在我手上。

「那就再見囉。」

知性黑道大哥穿了一身做工考究的夏季西裝，英姿颯爽地衝進雨中。

他突如其來出現在我面前，我還愣在原地。

而且他剛才說的「咖嘿廳」三個字就像旋轉煙火一樣，在我耳朵深處不停地旋轉。關西的「咖啡廳」都叫「咖嘿廳」嗎？還是知性黑道大哥自創的？

而且他說塑膠雨傘輪流轉這句話，簡直妙不可言。

這也是關西人常說的話嗎？

雖然有很多搞不懂的事，但是既然知性黑道大哥借了雨傘給我，我就撐傘走回家，小心不讓剛買的東西被雨淋濕。

如果下次看到有人因爲沒帶傘而發愁，我也要告訴對方：「塑膠雨傘輪流轉。」然後把雨傘遞給對方。

這場大雨一直下到隔天黎明時分，才終於停了下來。

「波波，我回來了。」

芭芭拉夫人差不多該到了吧。我不時看向時鐘，坐在辦公桌前工作時，芭芭拉夫人走進山茶花文具店。

「妳回來了！」

我百感交集地迎接她。

原本打算請工讀生顧店，我去鎌倉車站接芭芭拉夫人，但是當我提出這個建議時，芭芭拉夫人委婉地拒絕了。

她說她想搭公車，好好感受鎌倉的空氣。

於是，我就一如往常地顧店，在店裡等芭芭拉夫人。很久沒有感受到和芭芭拉夫人擁抱的溫暖，令我感動不已。

「妳曬黑了。」

我仔細打量著芭芭拉夫人的臉說。

「因爲我在那裡，除了冬季以外，幾乎每天都下海游泳，怎麼可能不曬黑呢？」

芭芭拉夫人以前就很健康，現在看起來更健康了。我想不到其他比她更適合「活力充沛」這四個字的人了。

「波波，妳呢？一切都還好嗎？」

我差點回想起芭芭拉夫人剛從隔壁搬走時，那種整個人好像被掏空的寂寞，但是只要還活在地球上的某個地方，就又能像現在這樣再次相見。

「我們家的家庭成員又增加了。」

我告訴芭芭拉夫人。芭芭拉夫人還沒見過的兩個小的很快就要放學回家了。

「QP妹妹呢？她還好嗎？」

「她很好，妳以前陪她玩的時候，她還那麼小，現在已經是高中生了。」

「我也很期待見到妳的達令。」

我們有聊不完的話，於是先請她進屋。家中的家具配置和布置，和我以前一個人住的時候有很大的改變。

「我好像走進了別人家裡。」

芭芭拉夫人參觀家裡之後，深有感慨地說。

「現在家裡有五個人，東西太多了，很傷腦筋。」

我忍不住辯解。

我在說話時，發現這是第一次有客人來家裡住，難怪全家人都很興奮。

我覺得昨天巧遇知性黑道大哥必定是某種緣分，於是我為芭芭拉夫人泡了知性黑道大哥也很喜歡的現炒焙茶，然後拿出她應該覺得很懷念的鴿子餅乾，為了避免造成她的負擔，只和她小聊一下。

然後，就請她去浴室好好泡個澡。

因爲家裡是舊式浴缸，所以使用起來不太方便，但我打掃得特別乾淨，而且還加了中藥的泡澡藥包，讓芭芭拉夫人能夠充分消除舟車勞頓的疲勞。

第一天的晚餐在QP的協助下煎了餃子，第二天下午在我家舉辦只有女生參加的聚會。參加聚會的成員除了芭芭拉夫人、QP和我以外，還有胖蒂，她無論如何都想和芭芭拉夫人見面，所以硬是調整行程，趕來我家參加這場聚會。QP已經是高中生了，所以也正式加入了大人的行列。

胖蒂說她有很多試做的料理，所以帶了大量的鹹麵包，和適合搭配鹹麵包的菜餚。QP上午烤了作爲甜點的巧克力蛋糕，我主要負責準備飲料。雖然我沒什麼招待大家，但至少是一場食物很豐富的聚會。

我們首先爲重逢乾了杯，當聚會的氣氛漸漸熱鬧時，我對她們說：

「不好意思，其實目前和鄰居發生了一些事，可不可以請妳們說話稍微小聲一點？」

雖然向客人提出這樣的要求令我惶恐不安，但如果事情鬧得更大，事態眞的會很嚴重，所以還是鼓起勇氣說出口。

「發生什麼事了？」

芭芭拉夫人極力降低說話的音量，好像在講悄悄話般。胖蒂也和芭芭拉夫人一樣悄聲說話。

「不需要這麼小聲也沒關係，只要注意別發出很大的聲音就好。」

我用正常的聲音說，胖蒂才終於恢復正常的音量。她們似乎猜到事態的嚴重性。

「波波，妳好好說清楚，到底發生什麼事。」

芭芭拉夫人語氣堅定地說。

我之前沒有告訴QP，鄰居寄了抗議信，但是她似乎從我和蜜朗的對話中，隱約察覺到發生了什麼事，所以我決定毫不隱瞞地把事情的來龍去脈告訴她們。光是想起這件事，痛苦就在內心翻騰。

「既然這樣，那就邀請她來這裡啊。」

當我說完之後，芭芭拉夫人說。

「啊？妳說邀請鄰居來參加我們的聚會？」

QP一臉驚訝地問。胖蒂也滿臉驚恐。

「因爲妳根本不知道對方是什麼樣的人吧？」

芭芭拉夫人說完，瞪大了眼睛。我從來沒有想過要邀請鄰居來家裡，所以完全說不出話。

「這樣更要邀請她來這裡聊一聊啊。妳根本不認識對方是什麼樣的人，所以才會感到不安。搞不好對方也一樣。因爲你們彼此不了解對方，所以才會疑神疑鬼。比方說，可以想像一下遊樂園的鬼屋。因爲不知道鬼是誰，也不知道鬼會從哪裡跑出來，所以會感到害怕。但是，如果知道是認識的叔叔在遊樂園當鬼，不就完全不感到害怕了嗎？

「人往往會因爲摸不清對方的狀況，所以才會感到害怕。既然這樣，找機會了解對方，不就解決了嗎？對方和妳還有QP聊天之後，了解了妳們的爲人，可能也會感到安心。因爲妳不是連鄰居叫什麼名字都不知道嗎？」

「是啊。」我回答說：「因爲她家門口沒有掛名牌，我也不知道要怎麼叫她，所以就一直叫她『鄰居』。」

「那個鄰居有家人嗎？她沒有丈夫和孩子嗎？」胖蒂問。

「好像只有貓和她同住，但不知道她到底養了幾隻貓。基本上，她很少外出，可能在家工作。」

在鄰居搬來的一、兩年間，我只看過她幾次。即使我去送回覽板，她也幾乎不理我，所以我每次都把回覽板放在她家門口就離開了。

芭芭拉夫人搬走之後，隔了差不多半年，有一對上了年紀的夫妻入住，他們搬進來時有來向我們打招呼，所以之後見面也會稍微聊幾句，相處也很愉快。

「總之，妳先去邀她看看。」

芭芭拉夫人又說了一次。

我很不甘願地站了起來。因爲不是別人，而是芭芭拉夫人提出這個建議，我當然不可能不聽從。我半信半疑地走出了家門。

我按了鄰居的門鈴，果然沒有回應。

如果鄰居過著日夜顛倒的生活，萬一把她吵醒，她會更不高興，搞不好又惹怒她。

我忍不住一直往壞處想，做任何事都膽戰心驚。

我打算再按一次門鈴，如果還是沒有回應，就放棄回家。雖然我內心也希望是這樣的結果，沒想到等了一會兒，竟然聽到門內有動靜，鄰居難得開了門。

因爲門上掛著門鍊，我只能把頭探進門縫，費力地和她說話。有一隻瘦巴巴的虎斑貓拚命想要從門縫擠出來。

我立刻一口氣說：

「不好意思，打擾妳的工作。我姓守景，就住在隔壁。之前因爲聲音吵到妳，給妳添麻煩了，很抱歉。今天有朋友來家裡聚會。說是聚會，其實就是包括我在內，總共四個女生聚在一起，所以如果妳有興趣，我想邀妳來參加。」

前半部分是道歉，後半部分是邀請，連我自己都搞不清楚兩者有什麼關聯，但我一口氣說完，以免說到一半，她就把門關上。

但是，當我說完之後，就完全不知道接下來該說什麼，然後就卡住了。我和她之間陷入了凝重的沉默，我不太確定沉默持續多久。

鄰居打破了沉默。

「我在工作。」

「我想也是。」我回答：「但是我們的聚會應該會持續到傍晚，如果妳有興趣，歡迎妳來參加。」

我補充這句話時，猜想她絕對不可能來，但還是覺得這樣說，彼此都不會尷尬。

「打擾了。」

我深深鞠了躬，還來不及抬起頭，鄰居玄關的門就用力關上了。

至少比吃閉門羹好多了。我努力往好的方向解釋，然後走回家裡。鄰居一大半的臉都被口罩遮住，感覺剛才好像在和口罩說話。

打開家中的後門，屋內傳來幾個女人吵鬧的笑聲。

在我流著冷汗深入敵營時，她們三個人似乎在大聊情史。

「芭芭拉夫人，妳喜歡哪一種類型的男人？」

胖蒂問。

「嗯，這個問題很難回答。因爲我每次喜歡的類型都不一樣。」

芭芭拉夫人一派輕鬆地回答：

「但是，我每次交男友都會堅持一個原則，男人終究只是嗜好品。」

「嗜好品嗎？」

我在中途加入了她們的聊天。

「妳是說，和巧克力、香菸和酒之類的嗜好品一樣嗎？」

QP接著問。

「對，QP，妳果然冰雪聰明，完全抓到重點。

「到我這個年紀，深刻體會到一件事，那就是只能把男人視爲嗜好品，絕對不能把他們當成必需品。因爲一旦成爲必需品，如果少了對方，自己不是活不下去了嗎？把對方當成消耗品也違反公德。」

芭芭拉夫人說完，胖蒂立刻說：

「我好像每次都被當成必需品。」

我聽了芭芭拉夫人說的話，用力反省自己是否把蜜朗當成了消耗品。

「尤其是男人，在結婚之後，就會把太太當成消耗品，這樣眞的很不健康。有些男人還說什麼女人有賞味期限，簡直莫名其妙。成熟的女人才更有味道，很多男人完全搞不清楚狀況，尤其是日本男人。」

芭芭拉夫人極力表達自己的主張，胖蒂點頭如搗蒜。

「QP，妳以後也會談戀愛，一定要培養審美觀，只能讓眞正喜歡的對象擁有妳的身體，千萬不能讓配不上妳的人看妳的身體，或是碰觸妳的身體。

「無論是香菸還是酒，一旦產生依賴，就會毀了自己，所以要自己掌握主動權。要在一個人也能過得很好的前提下，和自己愛的人一起生活。知道了嗎？」

芭芭拉夫人看著QP叮嚀著。

「我知道了。」

QP明確地回答。

雖然我是母親，但因爲害羞，平時都沒有和QP談這些事，所以我很感謝芭芭拉夫人直截了當地告訴QP這些話。

「嗜好品嗎？有道理，所以不能太依賴。」

胖蒂攪動著手上飲料杯中的冰塊，意味深長地嘀咕：

「我總是會忍不住爲對方做太多，結果反而廢了對方的武功，猛然回過神時，就發現對方把我當成必需品了。」

我聽著胖蒂說話，思考著她說的對方到底是指丈夫男爵，還是傳聞中比她年紀小的貝斯手。

「戀愛這種事，很容易受到當事人的喜好和慣性的影響，所以往往會一直陷入相同的模式。」

我也表達了自己的意見。回顧戀愛史，即使下定決心，下次絕對要找不同類型的人，等到下一次戀愛，發現又被相同類型的人吸引。

「QP妹妹，妳還沒有男朋友嗎？」

胖蒂問。

「雖然有覺得很帥的男生，但覺得交男朋友似乎還太早了，現在純欣賞就滿足了。」

原來是這樣。我不禁暗自感慨，一字不漏地聽著QP的發言。

「對啊，這樣最好，太早和男生上床不會有什麼好事！」

芭芭拉夫人語氣開朗地說。

我完全沒有想到會在這種場合提到性愛的事，忍不住心慌意亂，但QP一臉嚴肅地聽著芭芭拉夫人說話，我也就放心了。

幾個女人聊得很開心，沒有人提到鄰居家，所以我也沒有向她們說明剛才去鄰居家的情況。

下午三點多時，門鈴響起，我完全沒有想到鄰居會來參加我們的聚會。正確來說，之後和大家聊得太高興，我根本忘了剛才曾經去邀請鄰居來參加，還以爲是宅配。沒想到打開門一看，發現鄰居站在門口，我愣在那裡，時間好像停止了幾秒鐘。

該不會又是來抗議我們太吵了？我不由得緊張起來。

「因爲家裡剛好沒有適當的東西，所以只能做些炸雞塊帶過來。」

鄰居說了完全出乎我意料的話，然後把裝了保鮮盒的紙袋遞到我面前。意外的發展讓我驚慌失措，但我還是故作鎭定，帶著鄰居去大家聚集的房間。

首先向鄰居介紹了之前是那棟房子屋主的芭芭拉夫人，接著又介紹目前成爲知名YouTuber的胖蒂，然後向她介紹QP，告訴她那是我的女兒，最後自我介紹。鄰居一直戴著口罩，不發一語，眼神也完全沒有任何變化。

鄰居可能是極度內向的人，突然來參加全都是陌生人的聚會，或許很緊張。我在中途想到這件事，其他人可能也發現了，所以沒有特別在意她，也沒有特別找她說話，或是向她發問。

過了一會兒，鄰居偶爾開始主動附和，或是參與大家的對話。聊天中得知，鄰居姓「安藤」名叫「夏」，她在家裡接案做校對工作，她家的那些貓都是等待送養的中途貓，她是基於愛心當中途愛媽。

但是，即使近距離看她的臉，也看不出她的歲數。

後來才知道，鄰居之所以看起來總是板著臉，是因爲她得了一種臉部肌肉僵直的病，也因爲在意自己臉上沒有表情，所以平時都戴著口罩。

太陽快下山時，胖蒂突然大叫一聲：

「啊！有沒有什麼可以讓心情暢快的事！」

說完之後，她才發現自己說話太大聲，露出「慘了！」的表情，但隨即想到鄰居、也就是安藤夏小姐也在場，又鬆了一口氣。

「最近眞的完全沒有好事發生。」

我不久前也有這種感覺，所以模仿胖蒂的語氣，但我說得很含蓄，沒有明說原因其實就是安藤夏小姐。

「既然這樣，要不要去鎌倉宮丟除厄石？」

沒想到安藤夏小姐竟然這樣提議。因爲她從剛才來我家之後，沒有說過這麼多話，所以其他人也忍不住互看。

「我想去。」

QP最先呼應，芭芭拉夫人和胖蒂也紛紛表示贊成。

「我之前有點倦怠症，那時候也曾經想去丟除厄石，雖然最後並沒有去。」

安藤夏小姐聽到我這麼說，瞇起眼睛說：

「我之前就想去試一試。」

安藤夏小姐或許因爲名字的發音和甜甜圈很相像[1]，所以從小到大，經常因爲這個原因遭到調侃。雖然我覺得她的名字聽起來很好吃，但她本人應該不喜歡別人揶揄她的名字。

可能是因爲這樣，她才沒有在自家門口掛名牌。雖然這些都只是我的推測。

我們五個女人衝破梅雨季節難得放晴的明亮暮色，過了河，走向鎌倉宮。

QP走在最前面，安藤夏小姐跟在她後面。

我們排成一列走在路上，感覺像是娘子軍隊伍。我走在最後面。

每走一步，放在口袋裡的零錢就發出叮叮噹噹的聲音。剛才出門時，我慌忙從裝零錢的罐子中，爲每個人準備了香油錢放進口袋，但也許是我多此一舉。零錢的重量讓褲子一直往下掉。

鎌倉宮供奉的是推翻鎌倉幕府的護良親王，後來足利尊氏的弟弟把他關押在此，二十八歲就離開了這個世界。

護良親王當時被關押的土牢遺跡，仍然留在神社內。

我們先依次參拜了正殿。

沒想到除了我以外，竟然所有人都沒有帶零錢。最近信用卡結帳成爲主流，很少有機會使用零錢。我心裡這麼想著，交給每個人二十五圓零錢。

我承襲了上代在參拜神社時，都投二十五圓香油錢的習慣，但是直到最近，才知道是取其諧音，祈禱有雙重的緣分。我認爲上代剛才也在天堂隔空參加了我們的聚會。

也許上代聽到我們這幾個女人赤裸裸的談話，忍不住皺起了眉頭，也許會得意地和我們分享之前一直祕而不宣的、和美村先生之間的種種。

所有人都參拜完畢後，我們紛紛走向除厄石。

用除厄石除厄運的方法很簡單，對著素燒的小陶盤吹氣，把所有的厄運都吹到盤子上，然後用力丟向石頭，就能破除厄運。據說這是向一輩子堅韌不屈的護良親王致敬。

小陶盤是淡淡的乳白色，形狀有點像最中餅的外皮。我用盡渾身力氣對著瓷盤吹

1　安藤夏的「藤夏」二字的日文發音「どうなつ」與甜甜圈「ドーナツ」相似。

氣，希望把內心所有的負面情緒都吐出來。

但是，吹完氣丟向石頭後，才發現無法一下子就打破。

小瓷盤雖然是陶器，但是質地很薄，而且中間凹了下去，受到空氣的阻力，無法順利擊中石頭。即使好不容易打中石頭，也可能沒有破掉，無法輕鬆消除厄運。

於是只能丟了又撿，撿了又丟，挑戰好幾次。終於打破陶盤時，我的後背已經微微滲著汗。

胖蒂比我更不順利，QP可能本身沒有什麼厄運，所以遲遲打不中石頭。芭芭拉夫人在第二次挑戰時，陶盤擊中石頭後，只有邊緣碎了一小塊。

最精采的是最後登場的安藤夏小姐。夏小姐只有那時候拿下口罩，閉上眼睛，一臉正色地對著陶盤吹氣，然後以優美的姿勢，把陶盤丟向石頭。

陶盤碰到石頭表面後，碎成了兩半。只有她一次就順利打破了陶盤。

夏小姐的眼神頓時充滿笑意。雖然臉上還是沒有表情，但她的眼睛的確笑了。

大家都圍著她表達祝福。芭芭拉夫人第一個做出擊掌的姿勢，其他三個人也跟著舉起雙手。夏小姐和每個人擊了掌。

在場的所有人都消除了厄運。

「太暢快了！」

夏小姐發出了這一天最爽快的聲音。黑夜漸漸在腳下擴散。

胖蒂要急著趕回位在葉山的家，夏小姐也說要趕回去完成沒有做完的工作。

於是，女人的聚會就在鎌倉宮的鳥居下解散了。

芭芭拉夫人走在中間，我和QP在她兩側，一起走在向晚的街道上。時間剛剛好。今天晚上，我們包下了蜜朗的餐廳，全家人要和芭芭拉夫人一起吃蜜朗親手做的料理。

「謝謝。」

我充滿感激地向走在身旁的芭芭拉夫人道謝。

「那種類型的人只是不擅長和別人打交道，其實比別人更怕寂寞，也很想和別人交朋友，很渴望別人的關心。」

芭芭拉夫人輕輕牽起了我的手，她也和QP牽著手，所以我們三個人的手就像是英文字母的M一樣牽在一起。

「到了我這個年紀，經常會想一個問題，那就是自己到底爲什麼來到這個世界。因爲即使存了再多錢，也無法帶去那個世界；即使蓋了豪宅，也不可能帶走。再好的朋友，最終也會分開。和心愛的人也會天人永隔。到了我這個年紀，就會不斷失去。」

「那到底是爲什麼來到這個世界呢？」

QP問了這個純樸的問題。芭芭拉夫人默默走在路上，然後仰望著天空說：

「也許這個世界就像遊樂園。可以搭雲霄飛車享受心驚膽顫的感覺，或是在旋轉木馬上感受浪漫，每個人應該都是爲了享受人生來到這個遊樂園。

「釋迦牟尼似乎曾經說，人是爲了承受苦難降臨這個世界，人生有持續不斷的痛苦。雖然這好像也有道理，但是我相信，人是爲了歡笑來到這個世界。在遊樂園內充分享受，才是人生的況味，體會包括恐懼、痛苦等所有的經驗，樂在其中。但是，無論是誰，最後都必須離開遊樂園，這也許是這個世界上唯一的規則。如何充分享受遊樂園的樂趣，或許就是人生眞正的價值。」

芭芭拉夫人說的每一句話都宛如寶石。

我和QP間接地牽著手，用四隻手小心翼翼地接下芭芭拉夫人分享的金玉良言。

「所以啊，妳們母女都要笑口常開，好好享受人生。」

芭芭拉夫人用力握住了牽著我的手。

我突然很想哭，很想用全世界都可以聽到的聲音吶喊：「我愛這個世界！」

我深深覺得自己能夠活在這個世上，是一件多麼美好的事。

「我在這裡等你們，你們要小心喔。」

我站了起來，走到月台的邊緣大聲叫著。即使明知道他們絕對聽不到，但仍然無法不對他們說這句話。

我正在江之電的鎌倉高校前車站。

QP和蜜朗剛才在路旁向我揮手，從那時候開始，我就像是鸕鷀捕魚的漁民，一直追隨著他們的身影，但是他們下海之後，我就完全沒有自信可以分辨出哪一個是QP的頭，哪一個是蜜朗。

即使如此，我仍然睜大眼睛，努力尋找他們的身影。那些衝浪者很像一群浮在海面上的海豹，其中有我深愛的兩個人。

今天是QP第一次衝浪。

我用之前爲知性黑道大哥代筆得到的高額報酬，爲她買了衝浪衣作爲她考上高中的獎勵，她打算以後自己打工存錢買衝浪板。

在她擁有自己的衝浪板之前，蜜朗的朋友借了一塊閒置的衝浪板給QP。

如今，我獨自坐在之前曾經和茜女士一起坐著聊天看海的長椅上看著大海。

我眞的已經無法分辨出哪一個是QP了。

初夏輕柔的海浪溫柔地托住了衝浪者的身體。

我看著大海，深刻體會到人類的渺小和脆弱。當大浪突然打來時，會瞬間吞噬所有人。

即使如此，仍然有人鼓起勇氣，向大海前進。

我從皮包裡拿出一封信，從信封中拿出了信紙。幾天之前，我完成了冬馬先生委託我那封向父母出櫃的信。

我在陽光中，看著手上的信。

謝謝。

我對著清澈的藍天說。

感謝我能在這裡吸氣、呼氣，平安地活著。這分感謝宛如漲潮般滿溢。

也許幸福就存在於每天掙扎的泥沼之中。

無論在旁人眼中，這種樣子多麼滑稽醜陋，但我深愛這樣的自己，深愛我所愛的人。

致養育我長大的父母：

我身為你們的兒子，誕生在這個世界。

你們真的很用心養育我長大，為此我由衷地表達感謝。

成長過程中，我努力回應你們對我的期待，希望可以得到你們的稱讚，成為你們引以為傲的兒子。

小時候，我的目標就是達成你們對我的期望，因為我不希望你們對我感到失望。

但是，不知道從什麼時候開始，我對這件事產生了疑問，或者說感到有點不對勁。

因為配合你們的價值觀和習慣，我總是在抹煞自己。

起初覺得這很理所當然，也不曾為此感到痛苦。因為我認為只要忍耐，只要你們幸福就夠了，完全沒有想到這是在犧牲自己。

但是，隨著成長，我接觸到父母以外的大人，認識了從小長大的家庭以外的世界後，我漸漸對自己所做的事感到痛苦。

你們還記得龍三叔叔嗎？

每年暑假，我都會去伊豆大島。

在伊豆大島時，我們並沒有做什麼特別的事，只是一起吃早餐，去海邊游泳，晚上放煙火。每天都是這樣的生活。

但是，對我來說，這樣的日子真的很快樂，讓我感覺自己真正活著。

回想起來，我總是在意你們如何看我。

我不是思考自己想怎麼做，而是推測你們希望我怎麼做，然後付諸行動。
也許我很害怕失去你們對我的愛。
最近我才知道，龍三叔叔生前有一個深愛的人。
也許在世俗的眼光中，他們之間的關係並不值得鼓勵，但是
他用自己的方式，深愛那個女人。
現在，我也和我愛的人一起在伊豆大島生活。
對方是男人。
我想你們應該早就發現這件事，但是始終不願承認。
我對自己遭到父母的否定，感到很痛苦。
所以，遲遲無法對你們說出真相。
我對自己的人生無法符合你們的期待深感抱歉，我無法滿足
你們的期待、讓你們抱孫子，我對此深感愧疚。

但這是無法靠我個人的努力就能完成的事，在這件事上，我沒有選擇的餘地。

我希望你們能了解，這件事不是你們的錯，也不是我的錯。

我寫這封信的目的，是希望你們不要生氣，也不要唉聲嘆氣而是用冷靜的態度理解現實、接受現實。

我必須再次重申，你們用你們的父愛和母愛養育我長大，這件事完全無須質疑，我也深深感謝。

但是，我從出生的瞬間開始，就已經邁向了和你們不同的、屬於我自己的人生，這也是事實。

說句心裡話，我對成為世人眼中的弱勢族群，繼續邁向未來的人生感到很不安，但是我和我的伴侶會努力摸索，開拓自己的人生。

雖然每個人無法選擇出生的家庭和父母，但我認為人生的主導權掌握在自己手上。

在我遇見目前的伴侶之後，我才終於能夠慶幸自己來到這個世界，終於能夠發自內心地歡笑。

我相信你們需要時間整理心情，也許無法馬上接受。

但是，我很希望有一天，彼此能夠帶著笑容相見。

我要感謝你們帶我來到這個世界。

謝謝你們。

冬馬　敬上

我猛然抬起頭，聽到了上代的笑聲。也許上代終於認可我是個稱職的代筆人了。謝謝妳總是守護著我，我對著藍天小聲說道。

我希望能夠像蒲公英的絨毛飄散一樣，持續在這個世界撒下希望的種子。

我從鎌高前車站的月台移動，滿面笑容地擁抱從大海回來的父女兩個人。

起初只是用浴巾包在QP身上，想爲她擦乾身體，但隨即覺得能夠像這樣平安地重逢是值得感恩的奇蹟，淚水就忍不住撲簌簌地流了下來。

我也爲自己莫名流淚感到很丟臉，但是，淚水宛如太陽雨般流個不停。我越是試圖擠出笑容，反作用力越讓淚水更加不停地流。

「鴿子，妳眞是個愛哭鬼。」

蜜朗笑著用冰冷的手指爲我擦拭眼淚。

但其實蜜朗剛才看到我哭，就跟著悄悄擦眼淚。我和蜜朗在不知不覺中越來越像，成爲哭點很低的夫妻了。

只有QP一副事不關己的態度，完全沒有發現父母的眼淚。不，其實她有發現，只是假裝沒有發現而已。

只要QP和今天沒有一起來海邊的小梅和蓮太朗，都能在陽光下平安地茁壯成長，我就心滿意足了。

因爲無論發生什麼事，只要活著，他日一定能夠在某處相逢。

Eurasian Publishing Group
圓神出版事業機構
圓神出版社
Eurasian Press

www.booklife.com.tw reader@mail.eurasian.com.tw

小說緣廊 030

山茶花情書【山茶花文具店 · 再次與你相逢】

作　　者／小川糸
譯　　者／王蘊潔
發 行 人／簡志忠
出 版 者／圓神出版社有限公司
地　　址／臺北市南京東路四段50號6樓之1
電　　話／（02）2579-6600 · 2579-8800 · 2570-3939
傳　　真／（02）2579-0338 · 2577-3220 · 2570-3636
副 社 長／陳秋月
書系主編／李宛蓁
責任編輯／胡靜佳
校　　對／胡靜佳 · 李宛蓁
美術編輯／林雅錚
封面插圖／ shunshun
手寫書信／林雅萩、張國元、涂大節、葉曄、愛麗絲、歐玟秀、鄭曉薇、B編、
吳家蓁、林玟伶、故事鑄字行、歐滯璞、張語心、倪鹿元
行銷企畫／陳禹伶 · 鄭曉薇
印務統籌／劉鳳剛 · 高榮祥
監　　印／高榮祥
排　　版／杜易蓉
經 銷 商／叩應股份有限公司
郵撥帳號／ 18707239
法律顧問／圓神出版事業機構法律顧問　蕭雄淋律師
印　　刷／祥峯印刷廠
2024年11月　初版
2025年5月　5刷
『椿ノ恋文』（小川糸）
TSUBAKI NO KOIBUMI

定價 440 元　　ISBN 978-986-133-944-3

親密無間這四個字並非指身體，

文字和文字也能彼此接觸，

相互嬉戲，親密無間。

——《山茶花情書》

國家圖書館出版品預行編目資料

山茶花情書【山茶花文具店・再次與你相逢】/
小川糸 著. 王蘊潔 譯；-- 初版. -- 臺北市：圓神
出版社有限公司，2024.11
352面；14.8×20.8公分（小說緣廊；30）
譯自：椿ノ恋文
ISBN 978-986-133-944-3（平裝）

861.57　　113014675